臆病者は初恋にとまどう

みとう鈴梨

幻冬舎ルチル文庫

C O N T E N T S

✦目次✦

臆病者は初恋にとまどう

✦カバーデザイン=chiaki-k
✦ブックデザイン=まるか工房

イラスト・花小蒔朔衣✦

臆病者は初恋にとまどう

「あんた、プラス・フォーユーの射手谷《いでや》だな」

声をかけられ振り返ると、そこには見知らぬ男が立っていた。

こともあろうに、場所は下品なネオンサインがかしましいホテル街。常連のブティックホテルのロビーに、一歩踏み込んだところ。その上連れは、目鼻立ちが愛くるしく華奢《きゃしゃ》とはいえ同性だ。

突然見知らぬ男から社名つきで名を呼ばれて、心穏やかでいられる場面ではない。

射手谷は無言で男を見つめた。

もしかして、連れの彼氏か何かだろうか。そんな面倒くさい可能性は、当の本人が不思議そうな顔で射手谷を見あげてきたためかき消える。

男がまた口を開いた。

「プラス・フォーユーの射手谷だろ。俺は湯郷《ゆざと》だ、湯郷瑞穂《みずほ》の兄だ」

どこかで聞いたことのある名前だが、とっさに思い出せなかった。

自己紹介する男の表情は、友好的とは言いがたい。

穿《は》き古した安物のジーパンと、綿のへたったジャンパーにつつまれた体は、一言で言えば屈強だ。

秀でた額、高い鼻。その陰影の奥から睨《にら》みつける眼光は迫力があるが、しかし射手谷は目の前の男から純朴な色気を感じ取った。無造作に短く揃《そろ》えられた髪型のせいか、それとも震える厚ぼったい口元のせいか。

もったいない、笑えばきっと素敵だろうに、と思うものの、ロビーの間接照明に浮かぶ男の面貌《めんぼう》は、怒りのためか太い眉《まゆ》がぐっとしかめられたままだ。

返事もせずにじっと男を観察するうちに、男の顔立ちに一人の女の面影を見て取り、ようやく射手谷は口を開いた。

「ああ、湯郷瑞穂って、こないだ退社した瑞穂ちゃんの……」

「気安く名前を呼ぶな！」

突然の大声に、射手谷はさっと連れを自分の背後に庇《かば》った。

先週、晴れて寿退社となった部下の兄が、なぜ自分のもとに怒鳴り込んでこなければならないのかさっぱり理由がわからない。

「やっぱりあんた、妹を騙《だま》してたんだな。結婚したいとか言いながら、ほかの奴とこんないかがわしいホテルに！」

「おい、ちょっと待て、お兄さん。なんの話か知らないが、人違いじゃ……」

「お兄さんって呼ぶな！　しかも、この期《ご》に及んで人違いだと？　結婚約束して仕事までやめさせやがって、家事にこきつかって自分はほかの奴とホテルかよ、馬鹿にするのもいい加減にしろ！」

男の激昂《げっこう》に、そろそろ射手谷も誰と間違えられているのか気づきはじめる。

かといって、この状況ではこちらの言い分は男に届かないだろう。このまま、キョウとホテルの部屋に逃げ込んだほうが早いかもしれない。

しかし、眼前の男は怒っているようでもあり、同時に泣きそうでもある。心から妹を心配している男の様子に、背中を向けるのも可哀そうかと、仏心を出したのがいけなかった。

どうしたものかと逡巡《しゅんじゅん》したその隙をつくように、男が殴りかかってきたのだ。

わっ、と声をあげたのはキョウか。痛い、と思うより先に衝撃が脳を揺さぶり、頬骨《ほおぼね》と男の拳《こぶし》がぶつかる鈍い音が頭蓋《ずがい》に響きわたる。

地面に手をついたぶざまな格好になってから、ようやく鈍い痛みが顎《あご》からこめかみに広がった。

ガタイに見あった見事な一撃だ。

「い、ってぇ……」

「誰が結婚なんか許すもんか。二度と妹に近づくな。一週間以内に妹がうちに帰ってこなかったら、通報するからな！」

「おい、お前……っ」

腹が立つより混乱のほうが強い射手谷が、なんとか立ち上がり呼び止めるときには、もう男は背を向け走り去るところだった。

遠ざかる足音はあっと言う間にあたりの喧噪《けんそう》にかききえ、冤罪《えんざい》で罵《ののし》られ殴られ、反撃もで

きなかった射手谷は、頬を撫《な》で嘆息した。

「あ～あ、格好悪い。人目が少なくてよかったよ」

まるで他人事《ひとごと》のようなその台詞《せりふ》に、気づけば射手谷の腕を支えていたキョウも笑った。

「そう？　僕は残念だったな。人目があると、僕の取りあいしてるみたいで気分よかったのに」

冗談めかして言うわりに、キョウの手には携帯電話が握られ、場違いな笑顔を浮かべたキャラクターもののストラップが揺れていた。いざとなれば通報しようとしてくれていたのだろう。

「怖いねえ、五股《ごまた》もできる子は。それで、人目のないとこで罵られて殴られた情けない男は、今夜は君にふられちゃうのかな」

「まっさかあ。部屋でゆっくり看病してあげるよ。その代わり、一番高い部屋にしてね」

艶然《えんぜん》と微笑《ほほえ》むと、キョウは軽く背伸びをして射手谷の口の端にふれるだけのキスをくれる。

痛い。少し切れているようだ。

明日、会社で何を言われるか。

「それにしても、射手谷さんって女もいけたんだ。瑞穂ちゃんだっけ。もしかして、偽装結婚ってやつ？」

「ははは、教えてあげない」

「けち」

女の話なんかやめようよ。と言いながらキョウの腰を抱いてロビーを抜ける射手谷の脳裏には、今から過ごす夜のことよりも、先ほどの男の台詞が渦巻いていた。

男の言葉には心当たりがいくつかある。

誤解を受けたままだというのに、射手谷の頬には自然と笑みが浮かんだ。痛い思いはしたが、明日は楽しいことになりそうだ。

そっと舐《な》めた唇は熱を持ち、鉄錆《てつさび》の味が口腔に広がった。


「どうしたんだ射手谷、その顔、男前になって……」

それが、約束の時間に喫茶店に現れた友人の第一声だった。

射手谷の頬には夕べの痕《あと》がくっきりと残っているのだが、本人はいたってご機嫌だ。

つややかな髪は軽くかきあげられ、ワイシャツは常にノリがきいており、残業続きや終電帰宅続きでも、くたびれた身だしなみを見たことがない。と評判の射手谷は、殴られた頬のあざを社内の誰もが「よく似合っている」と評するほどの色男だ。

プライドの高そうな鋭いパーツの揃った面貌には常に笑みがあり、どんなときも余裕を崩さない態度はさぞや女たちにモテているのだろうともとより噂《うわさ》されていた。もっとも、同性愛者の射手谷がモテている相手は女ではないが。

どちらにせよ、複数人と楽しくおつきあいしていることは事実で、そんな射手谷は口もうまく所作も何かとスマートだ。その射手谷が顔に痣《あざ》を作って出勤したのだから、昨夜はさぞや激しい痴話げんかや修羅場が繰り広げられたのだろうと、同僚たちの想像は噂となって朝から職場を賑《にぎ》やかしていた。

無責任な噂を一緒になって笑って過ごした射手谷だが、本日のメインはここからだ。

射手谷は大げさに頬を撫でながら、友人に鎌をかけた。

「似合ってる？　夕べ、瑞穂ちゃんのお兄さまに殴られちゃってさ」

みるみるうちに顔色を失う小津《おづ》こそが、「瑞穂ちゃん」の婚約者である。

どうしてかは今のところわからないが、昨夜の青年は、彼と射手谷を間違えていたというわけだ。

「ち、ちょっと待て、秋季《あき》くんが殴ったっていったいどうして……」

「秋季っていうのか。こう、背が高くて、黒髪を短く刈ってる、目鼻立ちのはっきりした……真面目そうな感じが瑞穂ちゃんに似てるよね。結婚させないって息巻いてたけど」

「ま、まさかここに連れてきたりしてないだろうな」

「してないっていうか、俺を瑞穂ちゃんの結婚相手と勘違いしたまま帰っていったよ」

簡単に夕べの顚末《てんまつ》を語って聞かせると、友人は青くなったり視線を泳がせたりしてから深い溜息《ためいき》を吐《つ》いて肩を落とした。

小津は、射手谷の勤務先にとっては大事な取引先の御曹司という立場だが、初めて一緒に仕事をしたとき以来、妙に気があい今では友人としてつきあいがある。そして、瑞穂は射手谷の部下だ。

いつのまにかいい雰囲気になっていた友人と部下、そんな二人を焚《た》きつけて二年、ついに瑞穂が結婚を理由に退社したのが先月のこと。

結婚式の招待状が今日くるか明日くるか、と思っていた射手谷の前に現れたのは、昨夜の勘違い男だったわけだが、そんな射手谷の赤くなった唇の端を痛そうに見つめながら、小津は溜息をこぼした。

「そうか、殴られたのか、瑞穂の言うとおりだな」

「言うとおり?」

「瑞穂って、家族は兄だけだろ?　いざ挨拶《あいさつ》をしようと食事にお誘いしたら、秋季くんがえらく怒ったらしくてね」

湯郷瑞穂は兄と二人暮らし。両親はおろか、ほかに頼れる親戚もいないという彼女はしっかりものだったが、兄のほうは過保護らしい。

交際当初から、騙されていないか、遊ばれていないか、そろそろ別れたらどうだ、と口うるさく、瑞穂もほとほと呆《あき》れていたらしい。

「普通に結婚の話をしても絶対反対されるだろうから、反対できないほど周りを固めてしまおうってことで、二人の新居を決めて、瑞穂も仕事やめて、俺の家族にも挨拶して認めてもらってから挨拶に行く計画立てたんだけど、それが裏目に出ちゃってさ」

「そんな騙し討ちみたいなことしたら、頑《かたく》なになってあたり前だろう」

「真っ向勝負しても、別れろの一点張りだよ。とにかく、その件で瑞穂も秋季くんと大喧嘩になってね。今会ったら、俺が何されるかわからないから絶対会うなって、瑞穂まで意地を張っちゃってさ」

「今、瑞穂ちゃんは？」

「……俺たちの新居」

仕事ではそつのない男も、プライベートになると火に油をそそぐほうが得意なのか。

友人の意外な失態に驚きながらコーヒーをすると、口の端が痛んだ。面白いことになりそうかと思ったが、痴話喧嘩にまきこまれただけに終わりそうだ。

「まあ、俺の娘をやれるかって言って、ぶん殴る親父役のつもりなんだろ。一発俺みたいに殴られたら、あとはうまくいくんじゃない？」

「殴ったくらいで許してくれるかどうか……」

夕べの秋季はいかにも頑固で実直そうだった。

悪い女に騙されて頑なになっている、なんていうトラウマがいかにも似合いそうな男だ。

しかし、真相はもう少し根深いらしい。

「瑞穂、家族は兄だけで、両親も親戚もいないって言ってるけど、実は健在なんだよ」

少し驚いて、射手谷は顔をあげる。

「借金とか不倫とか暴力とか、まあそういう家庭だったらしくて、秋季くんが瑞穂を連れ出して以来二人で暮らしてたんだそうだ」

「なるほど、過保護にもなるだろうね。ついでに、家庭に夢を見ていないから結婚にも悪いイメージしかないと」

「瑞穂も最初そうだった。彼女、つきあい悪かったろう。似たもの兄妹なんだよあの二人は」

射手谷はうなずいた。

昔、瑞穂について相談を受けたことがある。瑞穂の社内でのつきあいの悪さは異様で、孤立しかねなかったところを、話を聞いてやってくれないかと上司に頼まれたのだ。

本人はいたって真面目。親切で気配りもできるのだが、ランチの誘いも企画成功の打ち上げもすべて断るようでは、周囲のものも距離を摑めずにいた。

「覚えてるよ。五百円ランチの誘いさえ『お金がかかることは困ります』なんて言うから借金でもあるのかと心配して話を聞いたら、ちょっとしたカウンセリングになったな」

「あはは、仕方ないよ。学生の頃から若者二人で、ひたすら生活守るために働いてきたんだから、余計なことにお金は使えないって強迫観念がすごかったんだろうね」

射手谷は、不安な顔をして飲み会に参加した瑞穂の顔が、ぱっと笑顔になった瞬間を思い出してしまった。

いい笑顔だった。美味《おい》しくて楽しかった、といって、震える手で五千円札を会計のときに出した彼女は、いままで光熱費や必需品以外でそんな金額を使ったことがなかったらしい。

「その瑞穂ちゃんが、今じゃあ月末のカラオケボウリング宴会が何より楽しみの女の子か」

「秋季くんも、ほかに趣味があったり、一人で閉じこもってるほうが好きな性格ならいいんだけど、なんだか昔の彼女と重なって心配でね」

「彼も自分の楽しみ見つけたらいいのにね。とくに彼女とか。今までストイックに生きてきた男の大恋愛は見ものだぞ」

そうなれば、小津と瑞穂の結婚話にも、とりつく島があるんじゃないのかと言うと、まさにそれだとばかりに小津が手をたたいた。

「たっての頼みだ射手谷。秋季くんに女の子紹介してやれないか」

火に油をそそぐだけでは飽きたらず、爆発でもさせようというのだろうかこの友人は。と、射手谷は半眼になって小津を見つめた。

実直で必死に働いてきただけなのだろう秋季とやらに、いきなり女を紹介したところでうまくいくはずがない。うまくいかないものは楽しくない。

となると、さらに妹の結婚話に不信感が芽生えるだろうに。

「このままじゃ殴られ損だから、ちょっかいはかけたいけど、泥沼はごめんだよ」

「そこをなんとか。俺も瑞穂も、秋季くんに祝ってもらいたいって気持ちが大きいんだよ。二人だけで幸せになんてなれないだろ。一人ぼっちになる秋季くんのこと考えたら、彼にも人生の楽しみを見つけてほしくてさ」

「それを本人に言ってやれば？」

「よけいなお世話だって殴られるだろう……」

「わかってるならいいんだけど。お前は、いいのは顔と家柄と仕事の腕だけなんだから、小細工なんてしなきゃよかったのに」

この喫茶店の入ったビルの上階に、小津の勤める古い貿易会社がある。主に輸入食品と酒を扱っている会社だが、小津はそこの社長一族の次男坊だ。

瑞穂はまさに玉の輿《こし》といえるのだが、そういった背景がいっそう、実家から逃げだし細々生きてきた兄にはうまい話すぎて信用ならないのだろう。

「秋季くんとやらの連絡先は、瑞穂ちゃんの住所でいいんだな？」

「引き受けてくれるのか！」

「……バルブース設置したいなあ」

「…………」

唐突な言葉に、ぱっと輝いた小津の顔はすぐに拗《す》ねたものに変化した。

小津が輸入会社所属なら、射手谷はイベント企画部門の主任。今、担当しているファッシヨンビルの一階ロビーで、秋のスペイン祭りの企画が進行中だ。

スペインといえば気軽に酒が飲めるバル。そして、バルにつきものの生ハムやサラミ、スペインワインのカヴァやシェリーといえば……小津貿易である。

「プライベートを盾に仕事を取ろうなんて見損なったぞ射手谷」

「うちも大変なんだよ、近所の百貨店が時期かぶりでスペイン物産展なんかするからさ。すでに予定してた出店三軒も取られたんだぜ。誰を脅してでも客は逃すなと部長がヒートアップしててさ」

「ああ、例の金賞イベリコ豚の店も取られたらしいね。俺を囲いこむより、情報流出の調査したほうがいいんじゃないか」

そんなことは百も承知だが、それとこれとは別である。

百貨店売り上げ不振などとニュースで言われても、老舗《しにせ》の力は強大だ。小津の人脈や扱う商品は、卑怯《ひきょう》と言われてでも囲いこみたい。

「……あ」

「どうした？」

「痛た……顎が痛い。明日は大事な打ちあわせなのに、どんな面相になってるやら」

「………」

「これは、明日はどす黒くなってるだろうなあ……」

小津は卑劣な脅迫者をひと睨みするとコーヒーを飲み干した。その味にか、それとも思うところがあるのか、苦虫を嚙《か》みつぶした顔をするとしぶしぶといった様子で口を開く。

「だめだ。俺は部署違いだからお前の仕事関係の話には社内で口を出さない」

「ちぇっ」

「その代わりあとで招待状送るよ」

なんの？　と、きょとんとして顔をあげると、小津は目をあわせずに答えた。

「今度、新商品お披露目の軽いワインパーティーがある。主催は祖父だ」

それ以上の手引きはできないが、小津社長と何を話し、どんな結果を得られるかは射手谷次第ということだろう。

「そうこなくちゃ。持つべきものは恋に悩む友人だ。義兄のことは任せときたまえ」

「爺《じい》さんや父さんの前でよけいなこと言わないでくれよ」

「それは約束できない。俺、口下手だから」

「どの口が……」

秋季に女を紹介するのはやぶ蛇の可能性が高いだろうが、妹の結婚を祝ってやるよう説得する価値はある。

まずは自分が瑞穂の交際相手ではないとわからせるところから始めねばならないが、もし人違いで射手谷を殴ったのだとわかれば、あの男はどんな顔をするだろうか。

それを思うと少し楽しみで、自身の頬に指を這わせる。まだこの痕の残るうちに会ったほうが良さそうだ。

と、その仕草を見つめていた小津はふいに首をかしげた。

「それにしても秋季くん、なんで君を交際相手と間違えたんだろうね」

「ああ、そういえばそうだな」

基本的に射手谷は同僚とよくメールのやりとりをするし、飲み会や残業があれば、女の子を駅まで送ってやるのも恒例だ。

きっと過保護な兄は、メールをチェックするか、どこからか見ていたのだろうと想像すると、すぐに射手谷は小津の疑問をほかの思案に埋もれさせていったのだった。

湯郷秋季、二十五歳。

現在の職業は、アルバイトを二つ。ビル清掃とリカーショップの品だし、配送。少し前まではさらに掛け持ちをしてたそうだが、体を壊しかけて減らしたそうだ。

もともと家庭不和だったところに父親の蒸発や、母親が男を連れ込み、我が子に暴力を振るうようになったことがきっかけで、十六歳の頃妹を連れ祖母宅に避難。こちらも、祖母との折りあいが悪く、高校卒業と同時に兄妹で独立。築四十五年、二十五平米の格安賃貸住宅に居を置き今に至る。

テレビはデジタル化の影響で今は持っておらず、パソコンもゲームもない家は、働いて帰るだけの場所。しかし、何ものにも脅かされることのない平和な暮らしは、二人にとって大きな幸せだったそうだ。

小津と、さらに瑞穂からも聞いた、健気《けなげ》なのか無謀なのか紙一重の湯郷兄妹の経歴を思い返しながら、射手谷はトイレに向かっているところだ。

早朝のプラス・フォーユー社内は静かなもので、数人の早朝出社組、そして外部の清掃スタッフとビル管理会社の人間が通りかかるだけ。

射手谷にとって、考えごとをするのに最適の時間だった。

どんなに夜通し遊んだ翌日でも、必ずビルの解錠間もないうちに出社し、その日一日の予定を立て、頭の中でイメージするのだ。

愛着ある社内を眺めていると、自然と気も引き締まる。

新しくできた大型商業施設の運営を任されるプラス・フォーユーは新しい会社だ。

話題性と立地条件だけは良かったおかげでいいテナントは誘致できているが、近隣に新旧多様な商業施設が立ち並ぶ中、どう結果を出していくか、毎日射手谷はその苦境を楽しむように仕事に打ち込んでいる。

仕事もプライベートも、思う存分満喫するのが射手谷のポリシーだ。

射手谷の頭にある今日の予定表は、すでに書きこみで真っ黒。その最後の項目はもちろん、湯郷秋季に会いに行くこと。

是非ともこの殴られた痕の痛々しい頬が治らぬうちに訪ねるに限る。

瑞穂から、いつも通りのシフトならば今夜は自宅にいると確認済みだ。一体どんな反応を見せるだろうかとにやけながらトイレに入ると、丁度清掃員が鏡を拭《ふ》いているところだった。

いつものように笑顔で挨拶をしようとしたそのとき、ふいにその清掃員が毎日見る顔ではないことに気づいて、射手谷は鏡を凝視した。

汚れが一か所取れないのだろう、清掃員は一心不乱に鏡のへりを拭いている。

ツバが邪魔だったのか、後ろ前に被《かぶ》ったキャップからのぞく額には、いくつも汗の粒が浮かんでいる。そして滴っては青い制服の襟元《えりもと》を群青色に染めていた。どうやら、トイレに人が入ってきたことさえ気づいていないようだ。

射手谷に背中を向けた清掃員の顔は、はっきりと鏡に映っていた。

今夜、会いに行こうと思っていた湯郷秋季その人だ。

一昨日《おととい》とは違う、仕事に励む表情はいかにも頼もしい男らしさに輝いていて、糊《のり》の効いた制服がよく似あっている。

まさかの偶然に、声をかけるのも忘れて、鏡の中の秋季の隣に間抜け顔をさらしてしまった射手谷を我に返らせたのは、「よし、取れた！」という、実に達成感に満ちた声だった。

「ったく、本当に水垢《みずあか》ってしつこいんだから……」

水垢に打ち勝った秋季の顔は、一昨日の夜見たものと違ってどこか満足げで、無邪気にさえ見える。その顔が、人の気配に気づいたのだろう、はたと鏡を見た。そして、二人の視線が鏡越しに絡まりあう。

鏡の中の秋季に向けて、ひらひらと手を振ってみせると、真っ赤になって彼はこちらを向いた。

「な、な、なんでこんな朝早くにいるんだよ！　絶対見つからないようにしようと思ったのに……！」

「おはようございます」

「う、えっ？　お、おはよう、ございます……」

さすがに、また殴ってくる気配はなかったが、今も射手谷を妹の交際相手と認識しているのだろう敵意はしっかりと伝わってきた。

だが、何はともあれ朝の基本から、と笑顔で挨拶をすると、うろたえつつも答えてくれる。敵意さえ抜ければ、案外説得もちゃんと聞いてくれる好青年かもしれない。

笑顔の挨拶に出鼻をくじかれたように、秋季は無言で立ち尽くしていた。

その秋季の肩を、射手谷は軽く叩いて笑顔を深める。

「で、見つからないようにってどういうわけ？」

「な、だ、誰がそんなことを！」

「自分で今言ったじゃないか。俺は毎朝早くに出てくるから、掃除の人の顔はだいたい覚えてるぞ。お前、新顔だろう、秋季ちゃん」

ぎょっと顔色を変えた秋季が、射手谷の手を振り払いあとずさる。

叩かれた肩を、ほこりをはらうかのようにしきりに手ではたいているが、必死なその仕草には愛嬌《あいきょう》があった。

「な、なれなれしく名前を呼ぶな、ちゃん付けするな！」

「秋季ちゃんさあ、もしかして妹の結婚相手をどうにかしてやろうと思って、ここの清掃にもぐりこんだわけ？」

「だったらなんだ。あんたにやましいところがなきゃ、職場に俺が出入りしてたって何も困らないはずだろ」

「あはは。馬鹿だなー！」

「ば、馬鹿で悪かったな！」

情熱的というべきか、度を越したシスコンというべきか紙一重の男の真剣な表情に、射手谷はつい殴られた頬を撫でながら先日の迫力を思い出してしまう。

この様子では、女性社員にコーヒーを奢《おご》る姿を見られただけでまた殴られそうだ。

「大事な妹が、お前みたいな遊び慣れた二股野郎に騙されて結婚させられそうになってるんだぞ。このくらいして当然だ。っていうか、お前は三股も四股もしてそうなんだよ！」

「してるよ」

さらりと肯定すると、虚をつかれたように秋季が目を瞠《みは》った。

二の句が継げないようだ。

「だって俺フリーだもん。セフレと浅く楽しいおつきあいしかしてないよ。秋季ちゃんさあ、夕べも言ったけど、瑞穂ちゃんの彼氏は俺じゃないからね」

「なっ、なっ……」

「瑞穂ちゃんに電話してみなよ。きっと怒られちゃうだろうなあ、人違いで暴行した上に、相手が世話になった上司なんてさあ」

あの華奢で大人しそうだが、芯のしっかりした女性に、この青年がきゃんきゃんと怒られる姿もなかなか見物のような気もする。

だが、秋季は妹に怒られる可能性よりも、射手谷に嘘八百を並べられている可能性にたどり着いたらしい。

「い、言うにことかいて、あんたには反省とか罪悪感とかないのかよ！　どこまで瑞穂をコケにしたら気がすむんだ！」

怒りに顔をゆがめた秋季が一昨日の夜のように殴りかかってきた。

しかし、先日の教訓からすでに予期していた射手谷は、その突進を一歩左へ踏み出すだけでかわした。

目の前を拳が素通りしていく。

避《よ》けられた、と秋季の顔が悔しそうにゆがむ。

射手谷はそのままではすまさず、青年の手首をはっしと摑みひねりあげる。反撃など想像もしていなかったのだろう、手首を摑まれ驚いた顔のまま、秋季の体があっさり反転した。

「いった！　く、ぅっ……」

ゴム手袋越しでも、秋季のがっしりとした手首の感触が伝わり、射手谷はそのままその体をタイル壁に押しつけた。

ぴたりと体を密着させると、背中から秋季の体温が伝わってくる。

夕べ一緒だったキョウのように小悪魔めいた華奢な青年も好みだが、自分よりがたいのいい男というのも楽しそうだ。射手谷は職場なのも忘れかけて、秋季の雄の肉体に血が湧《わ》くのを感じていた。

三股も四股もしていると返したときの秋季の顔、いかにもそういう話に慣れていない雰囲気で、可愛かった。

この男でしばらく遊べるのは、なかなかいい刺激になるかもしれない。

射手谷は秋季との交流を楽しむ材料をたっぷり見つけると、目の前にある秋季の耳に吐息

を吹きかけるようにささやいた。

「秋季ちゃん、ここの清掃担当は、あとは姉妹ビルまわって、正午解散だろ。ランチの待ちあわせはこのビルのロビーでいいか？」

「ふぃあっ？　い、息吹きかけんな！　手離せよ！　あとちゃん付けするな！　……っていうかなんでお前と昼飯の待ちあわせしなきゃなんないんだよ！」

　実に漏れのない抗議だ。

「だって秋季ちゃんには聞かなきゃいけないことも言わなきゃならないこともたくさんあるからさ」

　ぺったりタイル壁にへばりついたままの秋季のこめかみに、汗の粒が流れる。

「で、ランチどうする？　無理なら、久しぶりに瑞穂ちゃん呼び出して、彼女と二人でうちのビルのレストランでフルコースでも食おうかな～」

「ムカつくっ、瑞穂の奴、あんたみたいな男のどこがいいんだよ……」

「素敵な上司なんだよ」

「うるさい結婚詐欺師！　いいよ、話にはつきあうけどその辺の公園にしてくれ、俺は弁当だ！」

「…………」

　お、愛妻弁当？　とか、彼女の手作り？　とはやしかけて、射手谷は止《や》めた。

目の前でこめかみが怒りにひくついているのが見えたからだ。これ以上からかえば、ぷちっと切れてしまうかもしれない。

ようやく手を離してやると、秋季は悔しそうに振り返り、しかし殴りかかってはこなかった。しきりに手首をさすりながら、目に涙までにじませて睨みつけてくる。

「俺のシフト知ってるなんて、お前、仕返ししようと思って俺のこと調べたな。そういうのストーカーって言うんだぞ」

「うちのビル担当の清掃さんと毎朝おしゃべりするから知ってるだけだよ。あの人元気？手術するとかこないだ言ってたから心配なんだけど」

「え？　あ、うん、ちょうど、手術でお休みしてる。このビルだって知って、俺が無理矢理頼んで変わらせてもらったんだ」

そういえば、秋季はもともと清掃会社勤務だった。

射手谷を調べあげて妹の結婚式を取りやめさせたい、と願う秋季にとっては渡りに船、絶好の機会だったのだろう。

……相手を間違ってさえいなければ、だが。

「なんか秋季ちゃんって、報われない人生歩んでそうだね」

「失礼だなあんた！」

出会い頭に一発殴ってくるようなシスコン男に失礼と非難されてしまったが、射手谷はムキになってなんでも反論する秋季の不器用さを見るにつけ、この男を妹の結婚式に参加させ、感動でぼろ泣きさせてやりたいという悪戯《いたずら》心が湧いたのだった。

心待ちにした昼休みがやってきた。

今日何食べる、とざわつくフロアを抜け、階下に降りるエレベーターに乗り込むと、ちょうどテナント誘致担当の同期と一緒になった。手には資料のたっぷり詰まった鞄《かばん》。昼食に出かけるには浮かない顔。

「お、なんだなんだ、ランチと称した営業か」

「見ればわかるだろ。お前こそなんだ、いかにも美女に浮気がばれて殴られた翌日みたいな顔して」

「美女限定?」

「どうせ美女だろ。誰とつきあってるかは知らないが、相手に困っていないのはみんな知ってるさ。さては浮気どころか全員遊びだろ」

「否定はしない」

射手谷らの在籍するビルは一階から五階部分がショッピングフロア、六、七、八階がレストランフロア。そしてその上が、プラス・フォーユー本社などの入った、いわゆる複合施設だ。

せっかくまだ新しいそのビルでは、折からの不況で、テナントの撤退が相次いでいる。歯抜けのように空いたフロアがあるなんて許せない、と言いたげに同期は苦い顔を見せた。

「こっちも大変だが、お前も痴話喧嘩してる場合か？　企画、取られたんだろ」

射手谷がすなおにうなずいたところで、エレベーターが止まり、これからランチに出かけようというはしゃいだ女性が数人乗り込んできた。

おかげで、この話はこれで終わらせることができたものの、あまり考えたくないネタを出されたせいで、射手谷の顔から笑みが消えた。

小津も言っていた金賞イベリコ豚の出店は、今回このビルで行なわれる秋のスペイン祭りの目玉の一つだった。

何しろテレビでも引っ張りだこのタレント料理研究家が開いた店で、予約は半年先まで空いていない。若い客の多い施設に、味のわかる人なんていないでしょ、などと嫌味を言われながらもなんとか企画に乗ってもらったにもかかわらず、後日キャンセルされてしまったのだ。

先方で親しかった男をしたたかに酔わせて聞き出せたことといえば、角丸デパートからもスペイン物産展への出店を頼まれたこと。そしてその企画の内容が射手谷たちが提案していたものとほとんど同じだということだった。

同じ企画なら、知名度の高く老若男女問わず足を運ぶだろう百貨店のほうがいい。

返す言葉もなく、射手谷は食い下がるのをやめたのだ。

内通者がいる。

誰か、つぶさに射手谷らの企画を外部に漏らしているものがいる。それを見つけないことには、いくら下手に出ても同じような失態を繰り返し、結局すべての企画において芳しい結果を出せずに終わるだろう。

エレベーターを降りると、同期は何も言わずに小走りで去っていった。その背中を見送りながら自分の失態を思い返す射手谷の視界に、ふと不自然な人影が飛び込んできた。

社員用出入り口のロビーに置かれた無意味な銅像。その陰に、秋季が立って、警戒する犬か何かのようにじっと射手谷を睨みつけているではないか。

思わず鬱々《うつうつ》とした気は吹き飛び、射手谷の口から笑いが漏れる。

「何やってんだよ、秋季ちゃん」

「でかい声で秋季ちゃんって言うな。だいたいあんたがここで待ってろって言ったんだぞ」

一発殴られて痛い思いをした上、未だ誤解されたまま罵られてばかりだというのに、秋季にはどういうわけか人を和ませる空気がある。

大事なものを守ろうと、一生懸命吠《ほ》えている犬のようだ。

シャツにパーカ、ジーパンという格好で、リカーショップの名前が入った保冷バッグをしっかと握る秋季をうながし、射手谷はオフィスを出ると向かいのビルへ足を運んだ。

余所《よそ》のビルだが屋上庭園があり、誰でも自由に出入りできるのだ。

どのみち、繁華街にある小さな公園に行ったところで、若者らがたむろっているばかりでゆっくりできないだろうと思って案内したのだが、秋季はそのビルに入るのは初めてなのか、不思議そうに緑のざわめく屋上を見回していた。

「このビルに、こんな場所があったなんて……」

「穴場だぞ。緑と人の笑い声のある場所で食う飯は旨《うま》いからな」

見るからに遊びにきている客ばかりの中、ちらほらと仕事中なのだろう背広姿の男もいる。弁当を広げているのは射手谷たちだけではなかった。

早速射手谷が日陰のベンチに腰かけると、秋季もためらいながら隣に腰をおろす。手にしていた保冷袋から、大きめのタッパが二つ、顔をのぞかせた。

大きなおにぎりに、卵焼きとウインナー……そんなタッパの中身を想像しながら、射手谷はこのビルに入ってから買ったカツサンドの袋を開ける。

「瑞穂ちゃんと一緒に住んでたのなら、ここまで電車一本で来れるだろ。二人で遊びにきたりしなかったのか」

「ないな。この辺の店はどうせ高いし。世の中みんながみんな、あんたみたいに昼飯にカツサンド二つも買えるほど裕福じゃない」

「……小津は裕福だぞ」

高いというだけで非難を浴びた哀れなカツサンドにかぶりつきながら、射手谷はうなずいた。

「小津?」

ちらりと見ると、秋季のタッパの中身は思ったとおりいびつな形のおにぎりが二つと……

その先を見て、つい眉をしかめた射手谷に、また「小津って?」と秋季が繰り返す。

「瑞穂ちゃんの彼氏だよ。俺は本当にただの元上司で、彼女のプチ駆け落ちとは関係ない。瑞穂ちゃんから、彼氏の名前も聞いたことなかったのか?」

「……き、聞きたくなかったしそんな話。でも、金持ちでどっかの御曹司でかっこいいんだろ。いつも言ってたぞ。その胡散《うさん》臭さがいかにもあんたにぴったりだ」

「残念。俺はしがない会計士の御曹司だよ。秋季ちゃんがどうして俺のことを知っていて、その上瑞穂ちゃんの彼氏だと思ってたのか、こっちこそ聞きたいくらいだ」

「善意の通報だ。教えられないね」

「通報? まるで犯罪者だな。瑞穂ちゃんはいい大人の女で、自分の意志で自由な恋愛をしてお前という巣から飛び立っていっただけじゃないか」

「っ、そ、それでも監禁したり暴力振るったりするのは犯罪だろ」

「はて、今朝瑞穂ちゃんと電話したけど、幸せいっぱいって感じだったけどなあ、秋季ちゃんのこと以外は」

さして噛まずにぺろりとカツサンドを一つ平らげ、もう一袋も封を切る。

小津の名誉のためにも、きつく反駁《はんばく》すべきか多少悩んだが、瑞穂に聞いた兄妹の両親の関係は最悪だ。となると、もとより男女関係に偏見を持っていても仕方のないことかもしれないと考え、射手谷は話題を変えることにした。

「あいつらが夫婦になったあと、DVに走るかどうかの話はまた今度にしよう。それより秋季ちゃん、それ何？　その、二個目のタッパに入ってる……その、ひどいやつ」

「ひどくて悪かったな」

「イカスミか。洒落《しゃれ》てるな」

そんなわけがない、と思いながら、しかしほかにフォローが浮かばない。

秋季のタッパの中身は、真っ黒だった。ごろごろとぶつ切りの、すべて黒というか茶色というか、濡《ぬ》れた小石でも集めて詰め込んだような彩《いろど》りだ。

おにぎりも、よく見ると力任せに握られ米の形が残っていない。

「筑前煮だよ。ほら、鶏肉とかこんにゃくとか入れて煮るやつ」

憮然《ぶぜん》とした顔で言ってから、秋季は黒く濡れた何かを箸《はし》で摘《つま》んだ。そして、それをじっと見つめたかと思うと、ぶすくれたまま告白した。

「わかってるよ、出来が悪いことくらい。仕方ないだろ、俺も瑞穂も料理下手なんだから……って、何？」

出来が悪いにもほどがある。

射手谷は箸を持つ秋季の手を摑むと、その先に摘まれた正体不明の固まりに顔を寄せてかぶりついた。

ぎょっとした秋季の腕の震えが手に伝わってくる。

難なく強奪した「自称、筑前煮」は、嚙むとほどよい弾力があり、しばらく何を嚙んでいるのかわからない不思議な食感だった。黒い色はやはり醤油《しょうゆ》だ。煮詰めた醤油と砂糖の香りが口いっぱいに広がり、この一口で一日分の塩分摂取ができそうな濃度である。

「勝手に人の飯とるなよ！」

「ん、カツサンド一口やるぞ。それともデザート用のチョコがいいか」

「い、いらないよっ」

しっかり嚙んで、本当にこれは食べ物だったのだろうかと飲み下したところで、ようやく今の物体の正体がこんにゃくだと気づいた。

「不味《まず》い」

「見ればわかるだろ！　勝手に食って、文句言うなよ馬鹿」

食後に飲もうと思っていたコーヒーのプルタブを開けながら、射手谷はまじまじとタッパを見つめた。タッパ一つに、ひたすら今のこんにゃくの醤油漬けが入っている。

「いくらなんでも体に悪いぞ秋季ちゃん。ああ、そういえば小津のやつ、瑞穂ちゃんと毎晩一緒に台所に立ってるとか惚気《のろけ》てたけど、あれは一人で立たせちゃだめってことか」

「な、なんだよ、その小津って奴。瑞穂が料理するのまで監視してるのかよ」

「瑞穂ちゃんの料理のレベルがお前と同じなら、監視物件だな。こんなもん旦那に出したら嫁のほうがDVしてる側だろ」

「…………」

また怒るだろう。

と思ったが、しばらく押し黙っていた秋季はじっと自分のタッパを見つめると、掠《かす》れた声で呟《つぶや》いた。

「そ、そんな体に悪いのか、これ？　DVって思われるくらい？」

「悪い。その具が全部こんにゃくならなおさら悪い。いくらお前が毎日力仕事して汗かいてたって、そんな食事続けてたら四十になるまえにぶっ倒れるぞ」

みるまに、秋季の顔が青くなってゆく。

そして、その反応からみるに、具の正体はほとんどこんにゃくなのだろう。

「病気になったら、やっぱ医者代かかるよな？」

「…………かかるが、その前に瑞穂ちゃんが心配するぞ」

「…………」

先ほどまでとは打って変わってしょげかえった秋季は、射手谷の指摘がよほどショックだったのか、おかずのタッパの蓋《ふた》をしめた。そしておにぎりだけもそもそと片づけ始める。

あたりには遊びに出てきた人々のにぎやかな笑い声が聞こえ、廊下に吹き込む風はさわやかだ。そんな明るい空気から取り残されたような姿で堅そうなおにぎりをちまちまと食べる秋季を見ていると、射手谷まで切なくなってくる。

仕事をかけもちして、不味いと自覚する料理を食べ、秋季は一体いつ「楽しい」とか「幸せ」と感じることがあるのだろうか。

「なあ秋季ちゃん、瑞穂ちゃんはまだ若いし、結婚生活が不幸だと思ったら、そのときは離婚したってまた次のチャンスがあるじゃないか」

「離婚？」

「そ。別に夫婦になったらどんな目にあっても永遠に一緒じゃなきゃいけないってわけじゃない。瑞穂ちゃんが不幸そうだと思ったら、そのとき助けにいってやるくらいでいいんじゃないのか」

秋季の手の中で、おにぎりが半分ほどに減っている。具の姿は見えなかった。

「駄目だ。暴力振るわれたり監禁されたら、逃げる気力もなくなるもんなんだよ。だから、瑞穂は結婚なんかしなくていい。百歩譲って、単につきあってるだけなら、うちに必ず帰ってくるだろうからかまわないけど」

頑なな態度に、射手谷は肩をすくめるとコーヒーをすすった。

聞けば怒るだろうか。逡巡したのち、結局口を開く。

「秋季ちゃんさ、好きな子いないの？」

「な、なんだよ急に」

「瑞穂ちゃんは今大恋愛してるよ。幸せそうだし楽しそうだ。君にも祝ってほしいと思うくらい、彼女は素敵な恋をしてる」

秋季がそっぽを向いた。

おかげで射手谷からはその表情を見ることはできないが、その代わり拗ねた声が風に流れてこちらに届く。

「なんだよそれ。俺と一緒の暮らしだって幸せだったはずだろ」

「あらら、可愛い嫉妬《しっと》しちゃって」

「嫉妬じゃないよ！　でも二人で苦労して、一生懸命生きてきたんだぞ。瑞穂も働けるようになって、俺もお給料あがって、貯金もできるようになって、何も怖いもののない生活ができてたのに、結婚なんかしたらそれがまた壊れちゃうかもしれないだろ！」

そっぽを向いたり、こちらに詰め寄ってきたり、せわしない秋季の手元で、わずかにおにぎりがつぶれかけている。

「今が、一番幸せだったのにっ」

つい、射手谷はなだめるように秋季の背中に手をまわし、ゆっくりと撫でた。

興奮しているのか、衣服越しでもその熱い体温が手の平に伝わる。

「しょうがないなあ……。なあ秋季ちゃん、俺と賭《か》けをしないか」

「やだ、ギャンブルなんか嫌いだ」

「瑞穂ちゃんが、今どんな気持ちか知りたくないのか？」

言葉に詰まった秋季が、じっと射手谷を見つめた。

揺れる瞳を見ていると、放っておけない。

「秋季ちゃんも頑固だが、まあ秋季ちゃんが反対できないようにって外堀埋めてから結婚の相談した小津と瑞穂ちゃんも、ちっとばかり卑怯だ」

しょげた顔のまま、秋季は数度うなずいた。

ずっと抱《いだ》いていた不満だったのだろう。

「だから、二人に猶予をもらおうぜ」

「猶予？」

「今年いっぱい、俺は君に、瑞穂ちゃんがいかに人生を楽しんでいるか教えてやる。もし瑞穂ちゃんの今の気持ちが理解できたら、すなおに二人の結婚式に出てあげること」

「できなかったら？」

「二人に、結婚を延期するように言ってやるよ。あらためて、本人たちと秋季ちゃんで何年かかってでも溝を埋めていけばいい」

じっと、秋季が手の中でほとんど崩れたおにぎりを見つめる。

その難しい顔をしばらく見守っていた射手谷は、ふと思いついてこれみよがしに自分の頬を撫でた。

唇の端が切れているから、触れると少し痛い。

「痛たた……」

「な、なんだよ急に……」

「あー、痛いなあ。殴られたところがとっても痛い」

「……な、なっ」

「どうしよっかな、レントゲンでも撮りに行こうかな。治療費は瑞穂ちゃんにお願いしようかなあ」

わなわなと震える秋季の手の中で、ついにおにぎりが崩壊してタッパの中へ落ちた。

気にせずコーヒーをすすりながら、なおも射手谷は「あー染《し》みる。すごく染みる」などとのたまい続ける。

結局折れたのは秋季のほうだった。

「わかったよ！　賭ければいいんだろ賭ければ！」

「よし決まり！　じゃあ早速週末遊びに行こう。瑞穂ちゃんからばっちり聞いてるぞ、毎週土曜は予定いれてないんだろ」

「は？　な、なんであんたと遊びになんか……！」

「だって遊ばなきゃわかんないじゃん。瑞穂ちゃんと小津のデートコースとかも連れて行ってやるからな～」

「な、なっ……」

「いやあ、楽しみだな～。どこに連れ回そうかなあ」

わくわく、と胸が躍る。

この堅物が年末にはどのくらい軟化しているか、実に腕が鳴る。

早速週末の予定に思いをめぐらせる射手谷の隣で、秋季が顔を真っ赤にして怒鳴っていた。

「俺、絶対あんたなんかに説得されたりしないからなー！」


海に近いその商業施設は、最近目に見えて集客率が上がっている。

一時は、遊覧船ツアーや展示場でのイベント、広大なゲームセンタースペースに頼るばかりの、さびれゆくスポットだったのだが、三年前から急きょ始まった改革はうまくいっているらしい。

土曜日の夜、仕事を終えてかけつけた施設には、遊び疲れた親子連れが帰る姿と、夜はこれからとばかりに笑顔でやってくるカップルが行き交っていた。

そんな中、一人ぽつんと、入り口にあるイルカのオブジェにしがみつくようにして立っている秋季の姿はどこか不安そうで、大きな図体をして迷子の子供のようだ。

道ゆくカップルを睨みつけるように眺めている秋季のそばまで駆け寄ると、その肩を叩いてやる。

「よ、お待たせ！」

「あ、その……お疲れ様」

早速口をついて出た意外な言葉に、射手谷はつい固まってしまった。

こんなところに連れてくるなんて、と文句の一つも言われるかと思っていたのだが。

「なんだよその顔」

「いや、なんでもない。秋季ちゃんは今日は休日だろ、洗濯とかすんだのか」

「そのつもりだったけど、服選んでたらもう約束の時間になってたから、何もできてない」

恨み節の一言に、しかし射手谷はこみ上げる笑いを抑えるのに必死だ。

この約束のために、一日中何を着るか悩んでいたということか。

黒いニットに、いつものジーパン。ちょっとだけ綺麗なスニーカー、という、恋人がいれば「適当」と言われそうな格好だったが、本人はさんざん悩んだ格好らしい。

一方の射手谷は、仕事帰りのスーツ姿。

二人並べば、土曜の夜を楽しむ友人同士にでも見えるだろうか。

「ここが、その小津って人と瑞穂の初デートの場所？」

「ああ。いかにも浮かれた初恋同士のドキドキデートコースって感じだろ」

「何それ、馬鹿みたいだ」

早速施設に入ると、長く連なるショッピングモールに秋季はきょろきょろと落ちつかない様子だ。

流行《はや》りのブランドショップやお洒落なカフェの代わりに、輸入雑貨や海外の料理を扱った屋台が並ぶ施設内は、そこここに笑顔が溢《あふ》れている。

しばらくすると、次々と店を覗《のぞ》く射手谷の袖《そで》を、秋季が遠慮がちに引っ張ってきた。

「なあ、もう十分もうろうろしてるけど、俺、どうしたらいいんだ？」

「おっとすまん、リサーチに夢中になっちまった。なんか、興味あるものあったか？」

天然石屋でありながら、子供向けのけばけばしいアクセサリーをたっぷり揃えた店先で人工石のネックレスをまじまじと見つめる射手谷に、秋季は困惑顔だ。

すでに射手谷の企画構想は来年の夏のものに取り掛かっているので、どうしても夏休みの家族連れを意識しているための興味だが、当然秋季にわかるはずもなく、幼女趣味と思われかねない空気である。

「そんな玩具《おもちゃ》見てて、なんのリサーチになるんだよ」

「いやあ、売れてんのかなと思って。今年の夏休みの企画は思ったほど結果出なかったから、来年はどう子供の夢と希望をキャッチしようか今から悩んでるわけだ」

「ふうん……よく、わかんないけど、大変なんだな」

「秋季ちゃんは、子供の頃やたら欲しかったものとかないのか？」

子供時代を思い出したのか、あからさまに秋季の顔がむっとゆがむ。しかしその視線がふと何かをとらえ、微《かす》かに和らいだ。

それは、まさに今射手谷が手にしている玩具のネックレスだった。人工真珠がピンク色に輝いている。

「そういえば、瑞穂がそういうの欲しがったな……親父が怒るから、黙らせるのに必死だったけど」

「わかるわかる。俺も妹がこんなの欲しがったよ」

あえて、秋季の話の後半は無視してうなずく。

「あんたも、妹いるのか？」

「ああ、三人。すぐ下に一人と、五つ下になんと双子。うるさいぞ。おかげで俺は女に幻想なんて抱いたことはないね」

けらけら笑って秋季の目の前で玩具のネックレスをかかげてやり、「瑞穂ちゃんに買ってやるか」と言うと、秋季がむっと唇を尖《とが》らせて首を横に振った。

「今ならもっといいの買ってやれるよ。あ、いや、買ってやったことないけど……」

「本当に大事にしてるんだな」

「あんただって、妹さん大事だろう。うるさいとか言って、絶対結婚決まったら俺みたいに反対するに決まってる」

「もう全員結婚したよ。便利屋のお兄ちゃんはお役御免だ」

そう言って笑うと、秋季がまた困惑顔になる。

そんなどうでもいい話を弾ませながら、あちらの店へ、こちらの店へ。何を買うわけでもなく肩を並べ歩くうちに、射手谷はだんだんわかってきた。

秋季の態度がいつまでも頑なだ、というよりも、これがいつもの彼の姿なのだろう。

射手谷が話を振れば応じるが、自分から振れる話題がない。店を見ていても、欲しいものも特になく、そもそも余計な買いものをするような生活でもなかったから、右も左もわからず困惑しているのだ。

極めつきは、財布事情。さきほどの玩具のネックレスも、通りかかった店でセール中だったシャツも、色とりどりのソフトクリームも……。

「いいよ、高いよ、いらないよ」

人の金銭事情をとやかく言う趣味はないが、瑞穂に何かお土産《みやげ》でも、との言葉も却下されては、射手谷としても少しくらい文句が言いたくなる。

「瑞穂ちゃんも女の子なんだから、ちょっとお土産でも買って、せつせつと今の寂しい気持ちを手紙にしたためたら、ちょっとくらい戻ってきてくれるかもしれないじゃないか」

俺が届けてやるぞ。と言っても、秋季は気難しい顔をするばかりだ。

「そりゃ俺だってお菓子は好きだけど、いくらなんでも兄妹喧嘩に八百円もするお菓子買わないよ。八百円あったら……こんにゃくがいっぱい買えるだろ」

「醤油に漬けこむためにこんにゃく買うくらいなら、妹にプリン買ってやるほうが有意義だろ」

「だから、プリンじゃおかずにならないだろって」

「お前の料理に限って言えば、こんにゃくもおかずにならないぞ」

「むっ」

四種の味を楽しめるプリンが各一つずつ入って八百円。

射手谷もそれを安いとは言わないが、妹へのたまのプレゼントとしては安価だろう。

悲しいかな、射手谷はかつて財布だった。

三人の妹は射手谷家のお姫様で、可愛い娘に何かあったら、と過保護な両親に尻をたたかれ、毎日送り迎えをしてやっては、コンビニなどでお菓子を買ってやったものだ。もっとも、「お兄ちゃんありがとう!」なんて言われればついまた買ってやってしまっていたのだが。

それを思えば八百円のプリンをそこまで嫌がる秋季に、妹の結婚を反対する資格があるのだろうか。

などと、大げさな心地で秋季に詰め寄り、射手谷は明け透けに尋ねた。

「なんだケチくさい。借金でもあるのか」

「ないよっ！　……あの、し、奨学金の返済だけだよっ」

「兄妹で馬車馬のように働いて、車もないし家賃も安いとなったらほかに何にかかってるんだ。ギャンブルか、変な奴に巻き上げられてるのか。あ、わかった、さてはこっそり風俗にでも……」

「行ってない！　ったく、あんた綺麗《きれい》な顔してずけずけとなんてこと言うんだよ！」

顔を真っ赤にして怒鳴る秋季からは、事実厄介事《やっかいごと》を抱えているような深刻さは感じられない。しかし、金のない可能性をいくつもあげるうちに、射手谷のほうが心配になってきた。

この不器用さなら、人から騙されて高い壺を買わされたり、ネズミ講に巻き込まれたりしていてもおかしくない。

綺麗、と言われた顔をしかめてみせると、射手谷は秋季の顔を覗き込んだ。

「秋季ちゃん、もし俺を殴ったとき、当たり所が悪かったら治療費とか請求されるところだったんだぞ。それに比べてプリン代くらいなんだっていうんだ」

「うっ……。お金は、あるよ……あるけど、使ったら減るじゃないか」

視線を泳がせながらそんなあたり前のことを言った秋季の姿がどこか幼く見えて、射手谷はひどく大人げないことを言った心地になった。

もちろん、何がなんでも土産を買え、と思っていたわけではない。

ただ、秋季が「高い」と言うたびに、表現しがたい淀《よど》みのようなものが胸を覆うのだ。

その一言で、何もかも拒絶されている気になってしまう。

一緒にいることも、瑞穂とわかりあうことも、今ここですれ違う赤の他人の笑顔も。

「何か目標でもあるのか。家を買うとか」

「目標なんてないよ、ただ減ると怖いだろ、お金って。だいたい、家なんか買えるわけがない」

「わからないぞ。一千万もかからない家だってあるんだし」

「えっ！　家だぞ？　家がそんなに安いのか？」

「あ！」

目を瞠り家の値段に食いついてきた秋季に、逆に射手谷のほうが驚いて声をあげた。

「すごいぞ、秋季ちゃんが初めて『安い』って言った！」

え？　と口を開いたまま固まった秋季に、射手谷は続ける。

「そっかそっか、こんにゃくと中古の家は安くて、プリンとソフトクリームは高いのか」

「馬鹿にしてるだろ！」

「してないよ。でも家はいいぞ、秋季ちゃん興味あるなら、真剣に考えてみるといい。お前の家は、瑞穂ちゃんの実家にもなるわけだしな」

あれも高い、これも高いと言われてムキになっていたようだ、と射手谷は自分の大人げなさに苦笑すると、四色プリンを一箱手に取った。

買わないぞ、とまだ言う秋季に構わず、レジに進む。

「なあ、本当にそんな安い家があるのか?」

「ああ、ただ場所が悪かったりわけありだったり古かったりする。本気で家を買いたいのなら、住みたい場所や自分の生活スタイルをよく考えて妥協しないことだな。俺もローン組んだばっかりだ」

「へえ、若いのにすごいな」

目を丸くした秋季は、すなおに感心しているようだった。

射手谷には帰る実家も家族もいるが、正直妹夫婦が同居している実家はすでに居心地の悪い他人の家のようだ。

思い切って買った自宅は快適だった。ここは自分の城なのだ、帰ってくる場所なのだという深い安堵《あんどかん》感は何ものにも代えがたい。

「家があったら、瑞穂結婚しないでくれるかな」

「そりゃないな。ところで秋季ちゃん、これあげる」

ぶつぶつと往生際の悪い妹引きとめ計画を立てる秋季に、射手谷は精算を済ませたプリンの箱を押しつけた。

実にロマンのないやり方だが、買った商品を隠しておいて、あとでサプライズでプレゼントするなんて小細工は、まだ秋季には理解してもらえないだろう。

プリンの箱を目の前にした秋季は、受け取る素振りさえ見せずむっと睨みつけてきた。

「なんのつもりだ。瑞穂に渡させるために買ったのかよ。それとも恵んでくれるつもりか」

恵んでくれる、という言葉のイントネーションはひどく嫌味たらしかったが、そういう悪意を籠《こ》めた口調が秋季に似合わなくて、射手谷は噴き出してしまった。

秋季の弾力のある胸板にぎゅっと箱を押しつけ手を離すと、落とすのも不本意なのだろう、慌てた秋季の手が箱をキャッチする。

「ははは、違うよ、お土産だよお土産」

「だから瑞穂に……」

「秋季ちゃんに、今日の記念のお土産。それと、さっきは悪かった」

客の邪魔にならないよう、店をあとにしながら射手谷はさらりと告げる。

「金の使い道なんか根ほり葉ほり聞くもんじゃないよな。なんか、俺としたことがムキになっちまったよ。悪かったな」

「いや、……いや、うん」

気まずそうに相槌《あいづち》を打ちながら、しかし秋季はプリンを突き返してはこなかった。

不思議そうに、今買ったばかりのプリンの箱と、射手谷の横顔を見比べている。

そのままフロアの奥に進むと室内広場になっていて、ガラス張りになった壁面から海が見えた。すっかり夜の帳《とばり》が下りたそこは黒々として、対岸の倉庫街が赤いランプをいくつか点滅させている。

「わかってるよ、秋季ちゃんがけっこう頑張ってるのは」

「え？」

「わざわざ俺との約束のために何を着ようか迷ってくれたり、本当は興味ないのに商品の物色とかつきあってくれてるだろ。頑張って、瑞穂ちゃんのこと理解しようとしてるんだな」

「っ……、き、興味がないわけじゃない、俺にはよくわからないだけだ」

じっと、プリンの箱を抱いた秋季が、頬を赤く染めてうつむいた。

そして、口を開きかけ、また閉じた。

何を言えばいいのか、自分でもわかっていないように見える。

外から冷たい空気が流れてくるが、その潮の香りが心地よい。約束の期間は大みそかまで。まだたっぷりあるのだと思うと、射手谷は急《せ》いていた自分がバカバカしくなって、そっと秋季の肩に手を置いた。

「なあ、船乗らないか。あいつらの初デートの目的だったらしい遊覧船が、そこからもうすぐ出るんだよ。二十分ほど海を漂うだけだけど」

「…………」

「料金表はあちら」

と、射手谷はホールにあった案内板を指さした。

子供料金や団体料金に至るまで、太く大きく書かれたその数字は、今日何度も秋季が眉をしかめた数字の羅列だ。

だが、秋季はしばらく案内板と海を見つめたあと、戸惑いがちにうなずいてくれたのだった。


埋立地に囲まれた海は波も穏やかで、夜空には月がぽつんと浮かんでいた。

秋にふさわしい冴《さ》え冴《ざ》えとした月の光が、漆黒の波間に揺れている。

これといって何をするわけでもなく、二人で風に吹かれる時間に、険悪な雰囲気は欠片《かけら》もなかった。

少しは、秋季も心を開いてくれたということなら嬉しいのだが。

「あんたさあ、まさか本気で今年中、こうやって俺と遊びまわるつもりなのか?」

何を今さら、と射手谷は相手を見やる。

風になびく髪を押さえつけながら首をかしげると、秋季も一緒になって首をかしげた。

「もっと、しつこく説教されるかと思ってた。妹の幸せを考えてやれ、とか、金持ちと結婚できるんだからお前と暮らすよりいいだろ、とか」

「説教するなら、まず結婚話の前に、出会いがしらに人を殴らないってところからしなくちゃならないな」

「っ……あ、あれはその、悪かったよ。実はこないだ瑞穂からも電話があって怒られた」

ぐっと眉をしかめた表情は深刻そうだが、この様子ではせっかくの妹からの電話は怒られただけに終わったようだ。

「瑞穂ちゃん、怒ると怖いもんな」

「うん……。でも俺、もし瑞穂の本当の彼氏があんたみたいにほかの子とホテル入ってくとこ見たら、やっぱり殴ると思う」

ぎゅっと拳を握ると、秋季は船のへりにもたれた。

船はゆっくり旋回し、二人の目の前には街の照明が綺羅星のように煌《きら》めく陸地が広がりはじめた。わずか数十分の遊覧だが、こうして揺れながら遠くに街を見つめていると、日常から解放されたような心地になる。

小津と瑞穂も、きっとこの光景を楽しんでいたのだろう。

「あんた、二股とか三股してるって言ってたけど、ばれたら大変なんじゃないのか？」

「さあ、遊びの自覚のある子とだけつきあってるつもりだけど、人の本音はわからないこともあるから、そのうちまた誰かに殴られるかもね」

もう痛みも去り、口の端にほんのりと黒いうっ血が残るだけの頬を撫でて笑って見せると、秋季は呆れたように首を振った。

「俺、やっぱりわかんないよ。一人だけをずっと愛する、結婚してずっと一緒に生きていくなんて想像できない。その小津さんが、今は瑞穂のこと好きでも、永遠に好きでいる保証なんてないだろ」

「だったらどうした。もし二人の愛が潰《つい》えたら、離婚して瑞穂ちゃんはお前のところに帰ればいいだけの話じゃないか」

「だったら、最初から結婚しなきゃいいじゃないか」

「難しい子だなあ」

笑って射手谷も手すりにもたれると、軽く海に向かって身を乗り出した。

底などないかのような漆黒の波間には自分の顔さえも映らない。

愛が永遠かどうかなど論じたところで、秋季を納得させる言葉を射手谷だって持ってはいない。仲睦《なかむつ》まじい小津と瑞穂が、数年後喧嘩別れしたとしても、愛しあっていた記憶が消えないのならばいいではないか、と思うのだが、それでは秋季は納得しないようだ。

「親父とお袋はいつも喧嘩ばっかりだった。婆ちゃんも死んだじいちゃんの悪口ばっかりで、職場の知りあいもみんな離婚したりしてて、旦那さん早く死なないかなって言ってるパートのおばちゃんもいるぞ」

「なるほど。だから、結婚なんてするもんじゃないと思うのか」

「…………」

すなおにうなずくかと思いきや、秋季は少し逡巡してから言葉を紡いだ。

「俺は、瑞穂には一生苦労のない生活を送って欲しいんだ」

真摯《しんし》な言葉を笑い飛ばす気になれず、射手谷はそっと笑みを収めた。

深い愛情を秘めた言葉のはずが、秋季の追い詰められたような横顔のせいか、残酷な言葉にも聞こえたのだ。

「いっぱい怖い思いも辛い思いもしたんだし、俺が婆ちゃんとこから連れ出したばっかりに貧しい思いもいっぱいさせたし」

「連れ出したって……折りあいが悪かったんだろう?」

「うん。婆ちゃんとこだと、親父もお袋も来るしな……。でも、もうちょっと俺が賢かったり大人だったら、もっとうまく瑞穂を助けてやれたと思うんだ」

その、弱音ともとれる言葉に、射手谷は目を瞠った。

「俺じゃ大学にもいかせてやれないし、綺麗な家にも住まわせてやれない。でも、二人で生活していくうちに、最近は明日の飯にも困らなくなったし、ご近所さんは親切だし、いいことばっかりだったんだ」

「秋季ちゃん……」

「今住んでる場所は教えてないから、親父とお袋にも絡まれないですむし」

本当にそれが幸せでたまらない、というふうに頬をゆるめた秋季の横顔は、しかしどこか寂しそうで、笑顔になりきらずにまた顰《しか》め面《つら》に変わってしまった。

さざ波の音が、絶えず秋季の独白をさらってゆく。

「でも、瑞穂が結婚して、余所の家の人になっちゃったら、俺、あいつのこと助けてやれない……」

いつも秋季が身にまとっていた険呑《けんのん》な空気の正体が、彼自身の恐怖だったと気づき、射手谷は一瞬彼の背を撫でようと手を伸ばしかけた。

しかし、瑞穂の結婚を許してやれ、とのたまいながら、慰めてもやりたいなんて贅沢《ぜいたく》なことに思えて、結局射手谷の手は秋季の背に届くことはなかった。

「あいつ我慢強いから、もし結婚して暴力振るわれても、俺には大丈夫って言うと思う。それに、暴力がなくても浮気されるかもしれないし、向こうの家族に苛《いじ》められるかもしれないし……」

「もしそんな日が来たら、俺に電話しろよ秋季ちゃん」

「電話？　なんであんたなんかに」

「俺に電話で相談してくれたら、俺が小津と瑞穂ちゃんの様子を調べてやれるじゃないか」

泣いているのか、怒っているのかわからない秋季の顔がこちらを向いた。

「……あんたは小津とかいう奴の味方をするに決まってる」

「信用ないなあ。ああ、そうだ！」

いいこと思いついた。と、射手谷は秋季に肩がぶつかるほど近づいた。

本当は少し迷いはあるものの、秋季の信頼を得るには、こちらの秘密を提供するのが一番だろうと、彼の大きな耳にそっと唇を寄せる。

「俺が小津を庇えないように、お前に脅迫材料をやるよ」

「脅迫材料？」

「射手谷はゲイだって会社にばらされたくなかったら、小津のＤＶの証拠を持ってこい！　って俺を脅せば、一発でお前の使いパシリになってやるさ」

秋季は怪訝《けげん》な顔をしてこちらを向いた。

「なんだその顔は。いくら俺だって、ゲイだとばれたら会社に居づらいぞ。クビになりたくも、左遷されたくもないから、必死になってお前の力になってやるのになあ」

「子供じゃないんだから、いくら切羽詰まっててもそんな嘘つかないよ」

「……秋季ちゃん、君が俺をホテルの前で殴ったとき一緒にいた子は、ボーイッシュな女の子じゃなくて、本物の男の子なんだけど、気づいてなかった？」

正直なところ、気づいていないだろうとは思っていた。

でなければ、瑞穂の件で殴りに来たときからなんらかの詰問があったはずだ。

ゲイのくせに妹を弄《もてあそ》んだのか、だとかなんだとか。

とにかく、秋季にはそういう発言はおろか、再会しても嫌悪感らしいものを見せることもなかったので、きっと気づいていなかったのだろうと結論づけていたのだが、図星だったようだ。

みるまに、秋季の表情が今まで見たことのないものに変化していく。

嫌悪かな。と、らしくもなく不安が胸に湧いたが、よく見ればもっと邪気のないものだ。

例えていうならば、未知との遭遇か……。

「え？　あの……え？」

「ははは、変な顔ー。言っとくけど、俺が二股三股あたり前なのは、結婚できる余地がないから自由にやってるだけだぞ。そういう意味では、結婚に理解がない者同士じゃないか秋季ちゃん、仲良くしようぜ」

そう笑って、射手谷はさっと秋季に向けて手を差し出した。

無視されるか、叩き払われるか。

しかし、その予想を裏切って、おずおずと秋季がこちらの手を握ろうとした。

おかげで、驚いた射手谷は自ら差し出した手を引っ込めてしまう。その勢いに、秋季も驚いた顔をして謝ってきた。

「えっ、あ、ごめんっ？」

「あ、いやすまん、まさか普通に握手してもらえると思わなかったから」

「悪い、握手じゃなかったのか……？　俺、その……今日でわかったと思うけど、友だちいないし、遊びに出かけるとかもあんまりなかったから、どうしたらいいのかわかんなくて」

と、語尾になるにつれ言いづらそうに小声になる弁解のあと、秋季は暗がりでさえわかるほど頬を染めてうつむいてしまった。

応じようとしていた右手だけが、船の動きにあわせて揺れているのを見て、射手谷も一度は引っ込めた右手をそっと近づける。

嫌悪されてもうまくフォローを入れて笑い話に変える。そんな、次の言葉を、いつものようにすでに用意していただけに、射手谷はその言葉を使わずにすんだことに、どんな顔をすればいいのかわからなかった。

ただ、慣れない安堵につい苦笑が漏れる。

「握手してくれるってことは、仲良くしてくれるわけだ」

「えっ！　あ、そうか……いや、そうじゃなくて、その……ああもう、あんた意地悪だな！」

「俺もびっくりしてるんだよ。秋季ちゃん、ゲイって聞いて気持ち悪くないのか？」

直截《ちょくせつ》な言葉を、なるべく軽い調子で使うと、秋季はむっと押し黙った。

思うところはあるのだろう。

「いきなりそんなこと言われても普通困るだろ。それにあんた……手が震えてたから」

「はぁ？」

射手谷の口から素《す》っ頓狂《とんきょう》な声が上がる。

その声に拗ねたように唇を尖らせ、秋季ははっきりと繰り返した。

「震えてたよ。らしくないなって思って、つい俺も手出しちゃったんじゃないか」

「馬鹿、俺が震えるはずないだろ」

「震えてたよ！」

「震えるわけない！」

手を握りあうかあわないかの距離で、お互い指先を宙にさまよわせながら言いあう。

ムキにならないと、船に乗る前反省したところだというのに、手が震えていたなんて言われると珍しく恥ずかしくて、つい声が上ずる。

「もし震えていたとしても、それはちょっと寒いからだ。他意はない！」

「な、なんなんだよムキになりやがって！　やっぱりあんたなんか頼らないんだからな！」

もはや子供のような言いあいを続けながら、夜のクルーズの時間は過ぎていく。

その夜、小津から「どうだった」とかかってきた電話に、射手谷はあいまいな返事と咳払《せきばら》いしか返せないのだった。


日曜日の企画部フロアは閑散としていた。

休日出勤者は、三課のスタッフが三名と、そして射手谷と同じ課のデスクには川辺《かわべ》という同僚だけ。

ジャケットにニットといういかにも休日の格好でやってきた射手谷は、その川辺のデスクに無造作にドーナツの紙袋を置いた。

オフィスを囲う壁はガラス張りだ。

射手谷が部屋に入ってくるのを、どうせ川辺は気づいていただろうに、ドーナツを置くまで彼は顔をあげもしなかった。いや、今も、ドーナツの袋をちらりと見ただけで、またその顔はパソコンに向かう。

川辺もまた、いつものスーツ姿ではなく、淡い色の綿のセーターにジーンズ姿で、その手元にはすっかり冷えてほこりの浮いたコーヒーカップがあった。せっかくの日曜日に、一体いつから出社していたのだろう。

「精が出るな川辺。次の企画の準備か、それとも来年分の構想か？」

「……両方。お前みたいに、何やっても成功させられるほど器用じゃないんで、休みの時間も惜しいんだ。邪魔しないでくれないか」

つれない。

射手谷と川辺は、時を同じくしてこの課に配属された。お互い責任ある立場になってはや三年。その亀裂がじょじょに広がる音を、射手谷は何度となく聞いた覚えがある。

仕事は楽しい。

ビル一階は施設の顔だ。そのホールでの毎月のイベントを企画する主任は三名で、各自持ち回りになっているのだが、全員射手谷と同世代。

そういう、若い発想に仕事を任せてくれたという事実も、一方で気負いがちな射手谷らの手綱を頭の堅い五十代の上司がうまく握ってくれるのもありがたいと思っていた。

そしてその気持ちは川辺も同じだと、会議や宴会や、そういう機会のたびに射手谷は感じてきた。

しかし、月日を追うごとに、川辺という人間の苛立《いらだ》ちが深まっていくのを、射手谷は肌で感じていた。同じように集客力も企画力も評価されていながら、川辺はどうしてもほかの二人の主任と自分を比べてしまうところがあるのだ。

しかし、そんな川辺の心境をつぶさに感じとりながら、何をできるわけでもなく射手谷はもどかしい心地のまま最近過ごしている。

嫉妬でも敵意でもなんでもいいが、鬱々と恨まれるのは慣れない感情だ。

隣の席に勝手に座ると、射手谷は川辺のパソコンの画面をのぞき込んだ。液晶に、一階フロアの見取り図が展開されている。

「……最近、瑞穂ちゃんから連絡あった？　まだたまに遊んでるんだろ」

瑞穂と川辺は、社内のボウリング仲間だ。

話もあうらしく、ランチのグループはたいてい一緒だった。

プチ駆け落ちの話だとか、結婚がいつになるかわからない悩みだとか、話しているかもしれない。

しかし、川辺の反応はそっけない。

「湯郷くんに聞けばいいだろ。休日に出社してまで俺に聞かなきゃならないことなのか」

もっともな返答に、射手谷は腹をくくって本題を切りだした。

ずっと言わねばならないと思っていたことを、今日は伝えにきたのだ。

「なあ川辺、お互い不満を抱えるのは自由だが、ルールがあると思わないか？」

切りだすと、川辺はじっと画面を見つめたまま、静かに腕を組む。

返事を探しているのか、それとも黙《だんま》りを決め込む気かは射手谷にはわからなかった。

「俺に嫌がらせがしたいなら、たとえば生ゴミを送りつけるとか、鞄を下の噴水に捨てるとか、俺のコーヒーに酢を混ぜるとか、そういう方向でお願いできないもんかね」

川辺は、こちらを見ることなく肩をすくめた。

端正な顔立ちの男だ。顎のラインはなめらかで、彫りの深い顔の陰影が、白い肌を象牙《ぞうげ》のように彩っている。

もう、長いこと川辺の笑った顔を見ていない。

昔は表情の豊かな男だったし、一緒によく笑いあうこともあったが、いつからだろうか。

遠目に見ていても、同じ企画の仲間とさえはしゃぐ姿を見せなくなった。

その川辺が、とうの昔に笑顔など忘れたような堅い口元をゆがませて答えた。

「自分でもびっくりしてるよ」

「へえ。自分の口が勝手に角丸デパートの知りあいに会う約束をとりつけて、自分の手が勝手に角丸デパートの知りあいに俺の企画資料渡しちゃった。自分でもびっくりーってわけ?」

「そういうわけだ」

部屋に響くか響かないかの声音は、オフィスの隅で何か相談している三課の連中に聞こえてしまうかもしれない。だが、川辺は平然としていた。

最近社で噂になっていた内通者。

それが自分だとばれてもかまわない。そんな態度が、川辺からにじみ出ている。

それほどまでに俺が嫌いなのか。

と、射手谷はらしくもなく言葉に詰まった。

「ドーナツ、持って帰ってくれ」

「お前の次の企画、利用者数の目標を百あげろ」

「………」

「俺の企画で来る予定だった客が余所に流れるんだ。そのくらいは償えよ」

川辺の目だけが動き、射手谷を見た。

押し殺した感情が、その奥でとぐろを巻いている。

「会社に損失を与えるやり方だけは見過ごせない。文句があるなら、いつでも直接言え。殴りあいがしたきゃ一度くらい相手になってやるよ」

それだけ言って席を立つと、タイミング悪く携帯電話の着信音が鳴り響いた。遊び相手の着信メロディだと気づき、射手谷はディスプレイを確かめる。

キョウだ。出ないとうるさい。

「じゃあな。せいぜいがんばってくれ」

言い捨てて川辺に背を向け、射手谷はフロアを去りながら電話に出た。

「あ、もしもしキョウ？」

『やっほー、射手谷さん何してる？　最近ぜんぜん電話くれないから、俺からかけてあげたよん』

「へいへい、ありがたいことで」

川辺との不毛なやりとりに鬱蒼《うっそう》とした気分の中、お気楽なセックスフレンドの声はあまり慰めにはならなかった。

適当にキョウの言葉に相づちを打ちながら職場を出ようとしたそのとき、ふいに背後から大きな声が射手谷を呼んだ。

「射手谷！」

驚いて振り返ると、すぐ目の前に茶色い物体が飛んできた。

とっさに受け止める。

「持って帰れって言っただろう！」

茶色の物体はドーナツの袋だった。

見ると、席から立った川辺が唇を噛んでこちらを睨みつけている。

フロアの隅で、三課の同僚が二人に瞠目《どうもく》していた。

その視線に一度顔を向けた川辺は、深い吐息を吐くと倒れるようにまた椅子に腰を落とす。

そして、ドーナツを人に投げつけたことも、怒鳴ったことも夢だったかのように、またパソコンをじっと見続ける姿に戻った。

『射手谷さん？　何かあったの？』

ドーナツの袋がひどく重たい。

「いや、なんでもないよ……」

電話に適当に返事をして、そしてこちらを見つめる三課の同僚らに軽く手を振ると、射手谷は傷ついていないふりをして、背筋をのばしてオフィスをあとにしたのだった。


昼過ぎ、繁華街のはずれにあるリカーショップは、思ったより混《こ》んではいなかった。日曜日は休みの店や、閉店時間の早い店が多いからだろう。

川辺から突き返されたドーナツの袋を持っているせいか、体も気持ちもやけに重たくて、射手谷はまっすぐ帰る気にも、キョウの遊びの誘いに乗る気にもなれないまま、ふらふらと秋季の勤務先まで来てしまった。

広い売場にはつまみの棚や輸入食品の棚も豊富にあり、ぼんやり見てまわるだけでも楽しそうだ。

その通路の奥にあるカウンターで、せわしなく何か包んでいる男の姿を目にとめ、射手谷は足を運んだ。

やはり、男は秋季だった。

掃除の仕事と違って、白いシャツに黒いエプロン姿はまた雰囲気が違って見える。

カウンターにはいくつか箱が並んでいて、そこに酒瓶《さかびん》を詰めるのに必死な秋季は、目の前に人が立っていることに気づいていないようだ。

贈答品だろうか。一つの箱に、酒とツマミを丁寧に詰め終えてから、大事そうにそっと蓋をすると、ようやく秋季が顔をあげる。

「あ、いらっしゃいませ……って、またあんたかよっ」

「また俺だよー。近くまで来たからワインでも買おうかなって思ってさ。安いワインのコーナーどこ？」

適当に客らしいことを言うと、秋季がカウンターの向こうから通路に出てきてくれた。

慣れた様子で店内を案内する姿はいかにも店員らしいが、そっけない口調は、店に苦情の出しがいがありそうな態度だ。

「あんたでも安いワインとか飲むんだな。ぶーぶーくりことかしか飲まないかと思ってた」

「……秋季ちゃん、いつもちゃんと客にお酒紹介できてるか？」

「な、なんかおかしかったか俺？」

たどり着いたワインコーナーは地下だった。

二フロアある地階のうち、上がワインフロア、その下がウィスキーやブランデーを置いてあると、秋季は説明しながら案内してくれた。

この店には、近隣のクラブやレストランの酒の注文がたくさん集まるらしい。

「この辺は一方通行の細い路地が入り組んでるから、カート押して歩いて配達に行かなきゃならない。だから、免許持ってない俺でも雇ってもらえた」

「ああ、なるほど。配達もほとんど深夜だろうし、夜通し力仕事で大変だろ」

「慣れた。ただ、ワインのおすすめとか聞かれるのは、まだ困る」

「飲めないのか？」

棚に綺麗にならんだワインは、値段別ではなく産地別になっている。

好みの産地のコーナーで立ち止まり、適当なボトルを手に取りながら尋ねると、秋季は首を横に振った。

「酒好きだぞ、酔っぱらうのは嫌いだけど。たまに、配達先の人が変わったビール一本くれたりするから、家で大事に飲んでる」

「ほう、じゃあ今度遊びに行く場所は決定だな」

「あんまり高いところは行かないからな」

射手谷はたしかに、リサーチも兼ねてよく遊びまわるほうだが、別に贅沢や高級品にばかりかまけているわけではない。妙な誤解をされているな、と感じつつ、しかし指摘するのも今は億劫《おっくう》で、ただだらだらとワインを選ぶ。

品ぞろえは悪くない。

だが、どうしてもドーナツの重みが気になって、レジに向かう気にはなれないでいた。

そんな射手谷の態度に、秋季が不安げな声を投げかけてきた。

「な、なんだよ、怒ったのか？　高いところは無理だけど、今度はせめて一万円くらいは、ちゃんと財布に入れていくつもりだぞっ」

「どうしたんだよ急に」

呆気《あっけ》にとられてワインを棚に戻すと、秋季が困ったように言った。

「どうしたって、あんたが変な顔するから……」

「失礼だな。このイケメンのどこが変だっていうんだ」

「……変だぞ。なんか、カラ元気っていうか、いつもと違うだろ」

いつも、というほど射手谷のことを知りもしないくせに、その指摘は核心をついている。

子だくさんで忙しい両親と、思春期の妹らに心配をかけてはいけないと、長男気質のせいか、元気なフリは射手谷の十八番だ。

だから、カラ元気と言われたことが珍しくて、射手谷はとっさに何も言い返せなかった。

「そうだ、あんた今ちょっと時間ある?」

「ああ、あるけど……俺に時間があっても、秋季ちゃんは忙しいだろ」

「いや、今休憩中なんだ。別にすることないから、仕事してただけ」

秋季は休憩の意味をわかっていないのか、そんなことを言って射手谷をうながし再び地階から一階へと戻ってしまった。

一階はレジとビールと焼酎、果実酒にお菓子に缶詰に……とにかくあらゆるものが棚に所せましと並べられ、地階の落ちついた雰囲気と違って賑やかだ。その最奥に、コーヒーのコーナーがあった。

豆の香りに満ちたスペースにはいくつかスツールがあり、誰でもそこで試飲できるようにもなっている。その中で、秋季は専用のレジにいた店員と何やら言葉を交わし、紙コップを持ってすぐに戻ってきた。

「はい、うちの試飲用のコーヒー」

差し出された紙コップには、確かに香りの良い黒い液体が波打っている。

秋季の思いがけない行動に、射手谷はさぞ自分は間抜けな顔をしているだろうと思いながらそれを受け取った。

「ありがとう。なんか、気ぃ遣わせちまったな」

「別にそんなんじゃない。ただの販促だ」

秋季自身も紙コップを手にして、仏頂面でコーヒーをすすっている。

店の特製ブレンドらしいそれは、酸味も苦みもほどよく、癖のない味だった。飲み下すとそっと鼻から抜ける柔らかな香りに、射手谷の少し凍えていた心がやんわりと温まる。

特別、秋季は何も聞いてこない。

彼のことだ、きっと何を言えばいいのかわからないのだろう。

だが、コーヒーでも飲ませてやろうと、そんなふうに心配してくれたことが嬉しくて、射手谷はスツールに腰掛けて秋季を見あげた。

「秋季ちゃんてさあ、俺のこと嫌い？」

「えっ？　いや……」

唐突な問いに、秋季がいつもの困った表情を浮かべる。

その眉間《みけん》の皺《しわ》を眺めながら、射手谷はほんのり微笑みながら本音を吐露した。

「君が笑ってるところ見たことないなと思ってさ。いっつも仏頂面だろ」

「そんなこと思いながら、人をあんだけ連れまわせるんだから、あんた図太いよな」

「まあね。嫌われてても、好きになってもらえばいいだけの話だし、次のデートも連れまわしまくるよ」

「で、デートとか言うな！」

「ごめんごめん」

カミングアウトしていたことを忘れて気安いことを言ってしまった、と射手谷は慌てて謝る。

だが、秋季のほうは特別嫌悪感を抱いたわけではないらしく、向かいのスツールに腰掛けるとまっすぐ視線をこちらに向けてくれた。

「あんたでも、人に嫌われることなんかあるのか？」

「そりゃあるよ。秋季ちゃんもあんまり好きじゃないだろ」

「……そんなことはない」

逡巡ののち、秋季ははっきりと否定した。

「あんたは俺が掃除の仕事してるの見て、自分から挨拶してくれた。俺、そういう人は好きだ。プラス・フォーユーは挨拶してくれる人多いよな、いい会社だな」

それは、恋愛でも親愛でもない、ただの「好き」だったが、とても価値のある言葉に思えて射手谷は目を瞬《しばたた》かせた。

いつの間にか、手の中のドーナツが軽くなっている。

つい、いつものように冗談でまぜっかえしそうな衝動を懸命に抑えて、射手谷は言葉を探した。

「俺も、一生懸命仕事してる奴は好きだな……」

「それ、俺のこと？」

「ああ、掃除してるときもここでも、秋季ちゃんは一心不乱だな。頑張れよ」

「……あ、ありがとう」

真摯な言葉に、秋季の口元がふにゃりとゆがんだ。

その口角の変化に、射手谷は目が離せなかった。

ほんの少し、よく見なければわからないほど微かだが、秋季が笑っている。

この顔を、写真に撮ったら怒るだろうか。そんな誘惑にかられている自分がおかしくて、射手谷も一緒になって頰を緩めると、ずっと手にしていたドーナツの紙袋を掲げて見せた。

「ここじゃ食えないだろうけど、わけありドーナツいらないか」

「わけありドーナツ？」

「職場のイケメンに貢いだら、投げ返されちゃったんだよ。だからわけあり」

プリンのときは遠慮していたものの、事情を聞いて秋季も断るのも愛想がないと思ったらしい。ちょっと待ってて、と言うと、またレジへ駆けていってしまう。

しかし、今度は紙コップの代わりに、レジにいた女性店員を連れて戻ってきた。

「今、こっちにお客さんいないし、こっそりなら食べていいってさ」

「なんだ秋季ちゃん、そんな悪だくみ相談しにいってたのか」

意外な秋季の一面に射手谷がそう言うと、女性店員が肩を揺らして笑った。

「湯郷さんがそんなこと言うの珍しいから、つい賛成しちゃいました。ほかの人には内緒にしときますから、私にもひとかけください」

ちゃっかりした店員の提案に、射手谷も悪戯をしている気分になってくる。

丁度、店の奥まった場所にいることに甘え、三人で割れたドーナツを齧《かじ》っていると、自然と声も小さくなり、内緒話でもしているようだ。

「美味しい〜、ここのドーナツ気になってたんですよ。湯郷さんのおかげで得しちゃいました。サービスにコーヒーもう一杯淹《い》れてきますね」

「そんな、悪いよ」

いいんだよ、と言ったのは、あっと言う間にコーヒーの準備に行ってしまった女性店員ではなく、秋季のほうだった。

「うち、店長がコーヒー好きで、試飲のコーヒーいっぱいあるから。どうせなら、お酒も試飲させてくれたら、覚えやすいのに……」

新しいコーヒーを淹れているのか、今とは少し違う香ばしい香りが漂ってくる。

「こういう店なら店員の試飲会とかあるんじゃないのか？」

「全部の酒試飲できるわけじゃないから、高いワインとかは全然わかんない」

「秋季ちゃんの言う高いワインって、五千円レベルだろ」

むっと秋季は眉をしかめたが、反論しなかった。図星のようだ。

しかし、と射手谷は思案する。安いワインはだいたい若い。特徴も薄く、飲みやすいものがほとんどだ。むしろ、試飲が必要なのは年代の古いものや、地方色の濃いワインになってくるが、こちらは値段によりけり……ワインにそこまで興味のない店ほど、あまり試飲などにも情熱的ではないはずだ。

ふと、気になって射手谷は秋季に尋ねた。

「なあ、秋季ちゃん、カヴァって知ってる？」

「カヴァ……えっとスパークリングワインだよな。ワインのコーナーにあるよ」

「じゃあシェリーは？　そうだ、この店なら生ハムとかサラミもあるだろ、あれの味は？」

「…………」

何か言いかけて、秋季は眉を八の字にすると結局黙りこんでしまった。

商品はともかく、味のほうはわからないのだろう。

「そうか、せっかくのスペインワインでも、よくわかんないからって手にとってもらえない可能性のほうがでかいか……」

「ど、どうしたんだよ射手谷」

「いや、秋季ちゃんの話、一理あるなと思ってさ。俺の担当のイベントでお酒を売るんだけど、思い切ってすべての酒で試飲コーナー作ろうかと思うんだ。どう思う？」

「ど、どう思うって、俺に言われても」

心底困ったふうに言うと、秋季はコーヒーをすすった。

「飲むだけ飲んで、買わない人とかのほうが多いだろ」

「だからどうしても全種試飲なんて思いきったことできなかったんだけど、対策考えてみる価値はあるかもな……ありがとう秋季ちゃん、明日の会議で早速提案してみるよ」

「お、お役に立てたなら、何よりだけど……そんなんでいいの？」

秋季の困惑が収まらない中、新しいコーヒーを淹れた女性店員が戻ってきた。

試飲、という案がそのまま使えるとは射手谷も思っていないが、一つの集客コーナーとしてはなかなか面白い企画にできそうだ。すっかり、川辺とのことも忘れて上機嫌になった射手谷は、女性店員に愛想よく微笑みかける。

「いや、悪いね二杯もご馳走《ちそう》になっちゃって！　美味しいから、今度コーヒー好きの知りあいにこの店教えておくよ」

「わーい、お願いします！　ふふふ、なんか意外、湯郷さんにこんなお友だちがいるなんて」

「と、友だちなんかじゃ……」

秋季が、慌てて否定しかけたのを遮り、射手谷はスツールから身を乗り出した。

「仲良しなんだよ～。でもこの通り不器用だから心配でさ。そうだ、秋季ちゃんの仕事場での様子、聞かせてよ」

「えっ？　やめろよ馬鹿、っていうか誰が仲良しだよ、馬鹿！」

幸い店員のノリはどこか二番目の妹に似ていて、扱いは簡単だった。

あれやこれやと尋ねれば、瞳を輝かせて秋季の話を聞かせてくれる。

やめてよ、そんなことしてないよ、それ昔の話じゃん。と、必死で弁解する秋季の真っ赤な顔を見ているとすっかり盛り上がってしまい、結局三人そろって店長に見つかり、叱《しか》られてしまったのだった。

お詫《わ》び代わりに、予定より高いワインを買わされたことは言うまでもない。


『そんなの、一週間ほど妹カップルの思い出デート巡りして、どっかで幸せそうな結婚式でも見せてやって、かくして二人は幸せになるのだって説得したらすむ話でしょ？　そいつの相手で忙しいって言って、もう一カ月以上俺の誘いをお断りとは何ごとだー』

電話の向こうで、キョウがきゃんきゃんと吠えている。

酒が入っているようだ。

初めての秋季との外出からもうすぐ二カ月になろうとしている。今夜も、すっかりおなじみになった土曜の夜遊びの最中だ。

トイレに続く廊下から、ときどき店内に残してきた秋季の様子を確認しつつ、射手谷は笑いながらキョウをなだめていた。

「そんな簡単に説得できるなら、最初から他人の俺がお節介焼く必要もないだろ。とにかく、そういうわけで今夜も俺は忙しいから、ほかの奴見繕ってくれよ。いくらでもいるだろ、キョウ、今何股だっけ？」

人生とは享楽である。というポリシーが実にうまく一致するセックスフレンドは、悪びれることなく五股と即答した。

射手谷でさえ苦笑するほど節操のない男だが、そのくせ本命はちゃんといるというのだからさぞや充実した日々を過ごしているのだろう。

一方射手谷は、最近めっきりセックスフレンドたちとの密会はご無沙汰《ぶさた》だ。キョウなどまだしつこく電話をくれるが、中には三度誘いを断っただけで着信拒否した子もいる。

そもそも、初めて秋季に出会ったあの夜、同行していたのはキョウだったからと、彼にだけは事情を話しているのだが、さすがに拒絶の回数が十を超えると彼もプライドが傷ついたらしく、最近は随分絡んでくる。

『あ、さてはそいつにぞっこんってことはないよね射手谷さん。そいつのほうが、俺より若くて感度もよくて締まりもいいから、俺のことなんて捨てるとか言い出さないよね』

「何言ってんだ。俺がノーマルの上に童貞なんていう生き物を食うほど鬼畜だと思うのか」

『ふふふ、鬼畜な射手谷さんってのもいいな。なんなら、俺も今から合流しようか？　射手谷さんと俺のテクニックなら、初めての子でもめっろめろにする自信あるんだけど』

「お馬鹿さん。そんなこと言ってる暇を利用して、たまには本命にサービスしてやれよ」

『してあげてまーす。まあ、向こうは俺にぞっこんだから心配しないで』

「ふられたら胸貸してあげるから連絡してね～」

適当に話を切り上げると、まだ電話の向こうで不満を訴えているのを無視して射手谷は電話を終えた。

そして颯爽《さっそう》と店内に戻ると、まず秋季の恨めしそうな視線に迎えられた。

ファッションビルにゲームセンター、ボウリングにダーツバー、思いつく限りの場所で遊んでは、戸惑う秋季がときおり笑顔になってくれることに胸躍らせながら過ごしてきたが、今日の趣向は一味違う。

最近ではすっかり安心しきって射手谷に行き先を任せる秋季を連れ、やってきたのはキャバクラだ。

射手谷自身あまり用のないスポットだが、男と女のことにうとい秋季を連れまわすには悪くないだろう。

最近は、すなおに「瑞穂とも来てみたい」などと遊びながら漏らすようになった秋季に、次の段階に進んでもらおうと考えた結果だが、今日は残念ながら笑顔は見れそうにない。

「あ、射手谷さんお帰りなさ～い」

「もしかして奥さんか恋人からですか？　まだ帰っちゃ嫌ですよう」

「まだ帰らないよん。それよりどう？　秋季ちゃんに恋愛の素晴らしさ教えてくれてる？」

手頃な価格のキャバクラは、メニューもスタッフも洗練されているとは言い難かったが、その代わりこういう店を初めて利用する客が多いらしく、縮こまって固まってしまった秋季相手にも女の子たちはうまく盛り上げてくれている。

ソファーに座ったまま、酒を飲む余裕さえないらしい秋季の左右には寄り添うように女性が二人。片方は花柄のミニのワンピースで、もう一人は乳房がこぼれそうなほど胸の開いたドレス姿だ。

正直なもので、秋季の視線はときおり吸い寄せられるように彼女たちの太ももや胸の谷間に向かい、慌てて逸《そ》らされる、といった繰り返し。

これは、店を出たら怒られそうだ、と覚悟しながら、射手谷も席に着くと女の子たちに話をあわせる。

「聞いてくださいよ、湯郷さんてば、好きなタイプはわからない、初恋の記憶はない。って言い張るんですよ」

「ありえるから怖いな。でも秋季ちゃん、あんまり赤裸々だと、童貞ってばれちゃうよ」

「いっ、射手谷っ！」

どうせ、女の子の様子からすればとうの昔にばれていたのだが、秋季はさっぱり気づいていなかったらしく、泡を吹きそうな顔をしてとりすがってくる。

愛だの恋だのを理解できず、結婚の価値さえ考えたくない男も、一応そのあたりのことは人に知られたくないと思ってはいるらしい。

射手谷と秋季のやりとりに手を叩いて笑う女が、新しい酒を作りながら話題を選ぶ。

「でも、本当に湯郷さんて彼女いたことないんですか？　かっこいいのにもったいない」

「な、ないよ。かっこよくもないってば」

「どこがですかぁ。男らしくて、がっしりしてて、射手谷さんもかっこいいから、二人並ぶと逆ナンいっぱいされるでしょ？」

「ぎゃくなん？」

「けっこうされたけど、ご覧の通り秋季ちゃんはわかってないみたいだね」

「あはは、可愛い～」

女の笑い声と一緒に、手にしたグラスの中の氷も賑やかな音を立てる。

きょとんとして秋季は射手谷と女の子が笑っているのを見つめているが、本当にわかっていなかったらしい。

こうして毎週でかける中、わけもなく女性らに声をかけられたものだが、やんわりお断りするのは射手谷の仕事だったからだろう。

秋季があまり笑わないのは、射手谷に意地を張っているのではなく性分のようだ。

いつも眉をしかめ押し黙っていると、はたから見れば頼りがいのある肉食系男子のようらしい。

「秋季ちゃん、本当に君モテるんだから、お試しに誰かつきあってみたらどうだ」

「賛成！　私、立候補しちゃう」

「私も～」

秋季は、この三人に反論しても疲れるだけだと思ったのだろう。

拗ねたように射手谷を睨むと、黙って酒をすすった。

「そんな顔するなよー。いいぞ恋愛は、瑞穂ちゃんが今どんなに幸せか理解してやれるぞ～」

「あんたは、瑞穂の名前出したら俺がなんでも言うこと聞いてやると思ってるだろ」

「うん」

「ああ、もうっ……。それだけはやだからな。好きとかわかんないし、女の子に優しくする甲斐性《かいしょう》もないし」

「最初から上手《うま》くできないのは、誰でも一緒だよ。だから、経験ってのは大事になってくるわけだ。なんでも深刻に、つきあったら結婚しないと、とか完璧な恋人でいないと、とか思わなくてもいいんだぞ」

「射手谷は、ときどき難しいことを言う」

難しいのは秋季の思考回路だ。

と、射手谷は目に見えないがどうせ簡単なことを複雑に考えているのだろう彼の頭の中身を思って溜息を吐いた。

「ね、頑なでしょ」

「頑なですね。でも秋季さんみたいに頑固だと、ある日大恋愛したら、歯止めがきかなくなっちゃいそう」

「あり得る〜。もう、その人のことしか考えられなくなったりしそう」

「仕事も生活もあるのに、そんなことになるわけないだろ」

射手谷に対するよりは控え目な声音で、秋季が女の子たちに反駁する。

しかし、そんな反抗も彼女らに可愛がられるばかりだ。

そうこうしているうちに、時間がやってきた。延長しますか、と言われ賑やかなことが好きな射手谷は少し心が傾いたものの、ソファーでぐったりしてしまっている秋季がさすがに可哀《かわい》そうで、切り上げることにした。

「こんなに長い三十分は、親父とお袋が暴れてた子供時代以来だよ……」

「いいじゃん。可愛い女の子と褒め言葉にまみれた時間を長く思えるなんて幸せじゃん。ねー」

「ねー。射手谷さんわかってる！　あ、これ私の名刺です。また来てくださいね」

「ありがとう。あ、今頃気づいたけど、そのネイル可愛いね、似合ってる似合ってる」

すっかりキャバクラを最後まで楽しんでいる射手谷を、逃げるように席を立った秋季が宇宙人でも見るような目で見つめている。

それに気づいてはいたが、構わず女の子のネイルに触らせてもらう。

派手な装飾は日々進化しているらしく、もはや爪《つめ》そのものがアクセサリーのようだ。女性に特別家庭的なものを求めていない射手谷には、それがなかなか面白くて女の子と指を絡めながら、ついでに行きつけのネイルアート店の名刺まで貰《もら》ってしまった。

そのうち、規模の大きな美容系イベントも面白いかもしれない。

と、思考回路の半分は仕事モードになって、ようやく席を立つと、不機嫌です、と太文字で顔に描いたような秋季にじっと睨まれてしまった。

逃げるように店を出ていく彼の背を追う。

夜の街に飛び出すと、歓楽街はすっかり週末の喧噪に覆われていた。

道路の真ん中に立って、射手谷が出てくるのを待ってくれていた秋季は、じっとビル群の向こうに黒い影となってそびえたっているビルを見つめていた。

プラス・フォーユーの入っているビルだ。いくつか電気がついており、オフィスでは今もどこかの部署、そしてどこかの会社が残業に明け暮れているのだろう。

「すっかり盛り上がっちゃったよ。キャバクラデビューはどうだった、秋季ちゃん？」

「射手谷がひどかった」

「そうか、おっぱいの谷間より、そっと太ももを撫でてくれた繊細な手より、俺の印象のほうが強かったってわけか。罪な男だな俺も」

「あんたは本当にもう……」

は、と嘆息した秋季の息が白く濁るのを見て、射手谷は笑った。

出会ったばかりの頃は、厚手のジャケット一つで事足りたが、最近は夜になればコートがないと辛い。

キョウが会いたいとダダを捏《こ》ねるほどの期間、秋季とばかり過ごしていることがなんだかおかしかった。

「最近思うんだが、秋季ちゃんはあれだな、時間が動くのが怖いんじゃないかな」

特に目的もなく歩きだすと、秋季もついてくる。

疑問符の浮いた瞳で見つめられながら、射手谷は続けた。

「瑞穂ちゃんが結婚するのも、貯金の残高が減るのも、自分に恋愛沙汰《ざた》が起こるのも、そういう変化に耐性がないから、どう対処していいかわからないんじゃないか？」

「……どうだろ。ただ俺は今のままでいいじゃんって、いつも思ってるな」

「でも、今のままではいられないだろ、誰だって」

じっと息をひそめて、時間の中に置き去りにされたように生きたところで、嫌でも歳《とし》はとっていくし、周囲は変化していく。

今までは見て見ぬふりしてこれたのに、一番身近な人間の変化に、秋季は初めて過ぎ去る時間と向きあわねばならなくなっているのではないか。

射手谷は、暇さえあれば秋季のことばかり考えて、そんな結論にたどりついた。

「二十五歳は、もう十八歳とは違うからな」

「……そっか、もう俺も二十五か」

そう呟くと、秋季はまた溜息を吐いた。

吐息でさえ、一秒も留《とど》まることなく形を変えて消えていく。

「あんたはどうなんだよ、さっきはえらく盛り上がってたけど、いつかゲイやめて女の子と結婚して、家庭作って子供できて……そんな風に変わる可能性ってあるのか？」

「ないな」

考える間もなく、勝手に否定が口をついて出た。

「俺は二十九だ。女の子とつきあう努力したこともあったけど、みんな妹に見えちまうっていうか……どうしてもエッチしたり結婚したりって考えられないんだよ。だから男に走ったんだが、これが一番しっくりきた」

「ふぅん。俺も男に走ってみようかな」

「えっ、なんで？」

ぎょっとなって射手谷は振り返った。

冗談など言ったことのない秋季の真剣な声音に戦慄《せんりつ》する。

自分の影響で、未来ある若者がゲイになるなど、責任を取る自信はない。

「だって、俺も今日さっきの子たちにすごく困ったし。それに、男同士なら結婚とか考えなくてもいいんだろ?」

「なんだその、パンがないならケーキでも食うか理論は」

「あんたも見てただろ、俺が女とまともにつきあえる日が来ると思うのかよ……」

「ありだろ。現に今日もモテモテだったじゃないか」

「童貞馬鹿にしてただけだろ」

そっぽを向いて子供のように拗ねられ、射手谷は苦笑した。

童貞暴露は、しっかり根にもたれていたようだ。

からかい半分、本気半分で、射手谷はさらに秋季を挑発してみることにした。

「じゃあ今から風俗行くか」

また、馬鹿にしていると言いたげに、秋季がこちらを睨む。

「お、行きたくてたまらない顔してるな」

「してないよ! キャバクラで散々だったのになんで風俗行かなきゃならないんだ」

「いざ好きな子が出来たときのための予習にすればいいじゃないか。秋季ちゃんは性的なことどころか、ホテルの入り方からキスの仕方まで知らなそうだもん」

「そんなことない! て、手慣れてるほうが、遊び慣れてるみたいで嫌がられるにきまってる」

頑張って、嫌味を言っているつもりらしい。

しかしそれを鼻で笑うと、射手谷は立ち止まった。つんのめるように一緒に立ち止まった秋季の手首を摑むと、ひらりとすぐ脇の路地裏に飛び込む。

表通りは賑やかな喧噪とけばけばしいネオンに照らされているが、そんな店構えの裏手は対照的に鬱蒼として薄暗い。僅《わず》か数歩の距離、光と影のようなその隙間に身をひそめた二人の男を気にとめるものも誰もいなかった。

「な、何……？」

さっきまでの威勢はどこへやら、唐突な射手谷の行動に秋季はうろたえた様子で路地裏と表通りを交互に見ている。

どちらも、リカーショップの配達で慣れた道だろうに、落ちつかない様子だ。

そのがっしりとした体軀《たいく》に、ぴたりと射手谷は己の体を密着させる。そして、自分より少し高い位置にある秋季の顔へ、その唇へと自分の顔を近づけた。

お互いの唇が触れあう直前まで、秋季は情けない顔のまま目を瞠っていた。

唇が触れてもなお、何が起こったのかわかっていないようだ。

路地裏で、何か割れる音が聞こえる。雑音のように人の笑い声が混じりあい、その隙間を呼び込みの声が縫うようにこちらまで届いてきた。

その喧噪の主のすべてが、自分たちを見ているような錯覚さえ覚えながら、射手谷はゆっくりと触れあうだけの口づけを深めていく。

毎日ご飯とこんにゃくばかり食べていた男の唇は、かさついていた。

その皮膚をそっと舐めると、驚いたように唇は震え、開いた隙間から射手谷は躊躇《ちゅうちょ》なく己の舌をさし入れた。生温《なまぬる》い粘膜に少し触れただけで、びくついた秋季の大きな手が、戸惑うように射手谷の肩を押さえる。だが、そう強い力ではない。

気にせず、射手谷はそのまま秋季の口腔を蹂躙《じゅうりん》した。

歯列をなぞると、また秋季が震えるのを体中で感じる。

秋季の舌を追った。いつも不器用なことばかり言う男の舌は、とても分厚く、そして熱を孕《はら》んでいた。

ぬかるむ口腔を味わうのは久しぶりだが、おずおずとした、どうしていいのかわからないと言いたげな相手の反応はとても新鮮だ。

秋季の舌は、逃げるわけでもなく、硬直するわけでもなく、ただ射手谷の蠢《うごめ》く舌に倣うようにそっと差し出される。ねぶり、くすぐり、舌先をすすってやるつもりが、次第に秋季の舌のほうが積極的に快感を追いはじめた。

いつのまにか、うるさいばかりだったはずのあたりの喧噪など、まるで耳に入ってきていなかったことに気づき、ようやく射手谷は秋季から顔を離した。

「はっ」

熱い吐息をこぼし秋季を見あげると、唇を濡らした男が瞳をうるませこちらを見つめていた。

怒る余裕はおろか、何が起こったのかさえまだわかっていないかもしれない。

「ほら、キスの仕方もわからない。誰かいい人がいても、最初のキスで冷められちゃったらどうするんだ？」

「なっ、今……」

反論しようとした秋季の唇は震えるばかりで、何も言葉を紡ぎだすことはできそうにない。

暗がりで顔色まではわからないが、しかしその表情に嫌悪感はなかった。

可愛いな。

つい、そんなふうに思ってしまう。

来るもの拒まず、去るもの追わず。なまじモテるだけに声をかけられるままに遊んできた射手谷だが、秋季のようなタイプの男とは接点がなかった。

なおも、秋季をからかおうとした射手谷の唇もまた、一瞬震えた。

ぴたりと触れあう体。その下半身のあたりに、はっきりと押しつけてくるものを感じる。

見るまでもない、秋季の雄が反応している。

「ばっ、違う、これはその……っ」

「あらら、初めてのちゅー、そんなに気持ちよかったんだ」

「は、初めてって決めつけるなっ。離れろ、離れろってば」

乱暴に押しのけられ、着古したジーパン越しに微かに感じた熱量は遠ざかる。

しかし、射手谷は自分の中で悪い虫が騒ぎだしているのを感じずにはいられなかった。

童貞もノンケも面倒で趣味ではない。それなのに、目の前のただ真面目に地道に生きることだけに必死だった男が、セックスはおろかキスにさえ翻弄《ほんろう》されるほど快楽を知らないなんてもったいない。いらないことまで教えてやりたい欲求にかられる。

秋季のジャンパーは丈が短く、下半身の変化をまるで隠せていない。

それでもその上着の裾《すそ》をひっぱり自分の股間《こかん》を隠すようにしながら、唇を噛んでうつむいてしまった秋季に、射手谷は悪い大人の気分になって囁《ささや》いた。

「秋季ちゃん、嫌じゃなかったら俺で練習してみる?」

「うえっ、えっ?」

「それ、おさまりつかないでしょ。彼女ができたらホテルで何するか、予習にはなるんじゃない?」

馬鹿言うな。

そう拒絶しやすいギリギリの揶揄《やゆ》口調。

秋季が今何をどう思っているのかはわからない。しかし射手谷の胸はときめいていた。

この男に快楽を、愉悦を思い知らせてやりたい。

肌の触れあう温《ぬく》もり、直接的な快感、例えようのない享楽を、今まで得られなかった十数年分、味わわせてやりたい。

でなければ世の中不公平だ。

秋季が白い吐息を吐きだした。

「あ、あんたの趣味の悪い遊びの一つだよな……?」

「ああ。終わってホテルを出たら忘れるよ。ただの……卑猥《ひわい》なスポーツだ」

肩をすくめて笑ってみせると、秋季は無意識なのか、射手谷に貪《むさぼ》られた唇を分厚い舌で舐めたのだった。


期待に興奮した肌に、ぬるめのシャワーをあてながら射手谷はらしくもなく煩悶《はんもん》していた。

欲望と好奇心のまま秋季を誘ったはいいが、一つ、懸念がある。

「秋季ちゃん抱くわけにはいかないよなあ……」

しみじみとした呟きが、シャワーから飛び出す水の粒に吸いこまれ流れていく。

恋も知らない男に、気軽に性の楽しみを教えてやると誘った挙句、ゲイでもないのに手籠《てごめ》にするような真似はいくらなんでもひどいだろう。

だいたい、初めての、何も知らない男をいきなり抱いて苦痛がないはずもなかろうし、少しでも痛かったり、気持ち悪いと思うようであれば誘った甲斐がない。

ただただ、楽しみ、気持ちよくなってほしいという目的にあわないのだ。

一方、遊び上手でモテる射手谷だが、だいたい声をかけてきてくれるのはキョウのような可愛げのあるタイプばかりで、いかにもエスコートに慣れた射手谷を、抱きたいといってアピールしてきた男の記憶など皆無に近い。

つまり、抱かれたことがないため、そちらの自信が今一つなのだ。

突っ込まれるのはごめんだが、突っ込むのも気持ちが悪い。という結果にでもなった日には、秋季の一生が童貞で終わりかねない。

快感を得るだけなら、手淫《しゅいん》やオーラルセックスでも十分、秋季には刺激的だろう。

そう考え、すでにシャワーを終え、バスローブ一枚で緊張しきって縮こまっているだろう男を優しく導いてやる手順をいく通りも考える。しかしその先、もしお互い気分が盛り上がれば……その可能性に何度も行きつくはめになった射手谷は、溜息を一つこぼすと、ボディーソープを垂らした己の指先を腰へと這《は》わせた。

ずるずると、濡れた皮膚をつたい、指先が臀部《でんぶ》へと向かう。

ここを、使わないかもしれない。でも、もしかしたら使うかもしれない。

秋季の、二十五にもなって何も知らない仏頂面を思い出しながら、射手谷は指を進める。

誰に侵入されたこともないそこは、今まで遊んできた相手と同じ場所とは思えないほど固く閉ざされ、これが自分の体でなければもっと優しくしてやれるところを、妙に気ぜわしい心地で射手谷は無理やりほぐしていく。

いつまでたっても風呂場から出てこないからといって、秋季が困って様子を見に来たりしないだろうか。そのとき、こんな姿を見られたらどうしよう。

普段なら心配しなくてもいいことを心配していると、調子が狂う。

余裕らしい余裕も持てずになんとか準備を終え、急いで風呂場を出る。

きっと一人取り残された秋季は、やきもきしているだろう。恥ずかしくなって、脱いだ服をまた着てしまっているかもしれない。

しかし、バスタオルを腰に巻いただけの姿で部屋に戻ると、秋季はまだベッドに座っていた。射手谷がシャワー浴びてくる、といって出ていったときのまま、みじろぎ一つしていない様子だ。

「大丈夫か秋季ちゃん、石像みたいになってるぞ」

「あ、ぅ、いや……その……」

「してみて気持ち悪かったらすぐに止めてあげるんだから、そんな脅迫されて連れてこられた少女みたいないたいけな顔するなよ」

「だ、誰が少女だ、馬鹿っ！」

真っ赤になって反論した秋季を見ていると、さんざん煩悶して後ろの準備などしてきた自分が馬鹿らしくなってくる。

ようやく少し余裕を取り戻すと、射手谷は早速、ベッドに座る秋季に向かいあわせで乗り上げ、その巨軀を押し倒した。

油断していたのだろう、驚いた秋季の顔が、ベッドの上で弾む。

彼の、心臓の音が、耳をすませば聞こえてきそうなほど、秋季は体中を緊張で固くしていた。

「い、いい、射手谷、あのさ、そのっ、俺やっぱり……っ」

「女の子みたいにやわらかくなくて悪いけど、サービスしてやるよ」

冗談めかして笑って言うと、射手谷は秋季のバスローブをはだけさせた。

張りのある皮膚に包まれた胸板は、緊張のせいか汗に濡れている。その鎖骨の下あたりにそっと舌先を乗せると、ゆっくりと喉《のど》を渡り顎へと舐めあげる。

初めてだろう感触に、秋季は「わっ」と色気のない声をあげると身を竦《すく》ませた。

「気持ち悪い？」

「く、くすぐったい……って、な、なんなの？　普通そんなことすんの？」

「ふふふ」

秋季が逃げ出さない理由がわかった。

彼もまた、激しい好奇心に揺り動かされているのだ。

「もしかして秋季ちゃん、アダルトビデオも見たことない？」

「い、一回だけ、職場の先輩が……」

「ふうん、どんなシチュエーションの内容だったんだ？　こんなことしてたか？」

言って、射手谷は秋季の耳朶《じだ》に噛みついた。また、秋季が声をあげる。

いちいちびくつく姿が可愛くて、指先でそっと彼の体のラインをなぞると、慌てたように秋季の手が射手谷の腕を掴んだ。

だが、その手にさしたる力は入っていない。

「目をつむって、女の子の手だと思えばいいし、女の子の口だと思えばいい」

「む、無理、女の子はもっと、華奢で、やわっこい、なんていうかその……う、わっ」

体をずらし、音を立てて秋季の上半身、いたるところに口づけを落としてやる。

固い皮膚は、緊張のせいかとても敏感だった。

力を失っていく秋季の手を逆に掴み返し、指先を絡めるとその指先さえすぐに震える。

へそに舌を這わせれば、綺麗に鍛えられた腹筋がひくついた。

ほんの少し触れるだけで、どこもかしこもすなおに反応する様に、射手谷の興奮も高まっていく。

忘れられないくらい気持ちよくしてやりたい。

一人の夜、自慰にふけるとき思わず思い出してしまうくらい……。

「い、射手谷、いい、ごめん、俺が悪かったたっ」

「何がだ」

及び腰になったわりに、秋季の肉茎はすっかり頭をもたげていた。

秋季の頑固さのせいで、この世の楽しみを味わわせてもらったことのないらしい性器の先端に、射手谷は後ずさりながら自分の肌を触れさせてやった。

腹から胸へと、射手谷の皮膚と、秋季のものがこすれる。

「わ、わかんないけど俺が悪かったから、もういい……って、わっ、わっ、わぁっ！」

ようやく欲望の塊に直接的な刺激を受けた秋季の反応は顕著だった。

体の下で、熱が膨らんだような錯覚を覚えながら、しかし射手谷はそちらよりもじっと秋季の表情を見つめる。

そこそこ明るいままの部屋の中、秋季の顔は耳まで真っ赤だ。

じっと射手谷を見つめ、唇を震わせている。

嫌がっているだろうか、気持ち悪いと思っているだろうか。

その不安を少し抱いたまま、射手谷は秋季に見られていることを意識しながらゆっくりと顎を落とす。上目づかいでまだ秋季を観察していると、秋季の目が驚きに見開かれた。

その反応に、不思議と胸を高鳴らせながら、射手谷はゆっくりと秋季の雄の先端へ口づけた。

指先で、秋季の股間をなぞり、濃い繁みに指を絡ませる。

男らしい屹立《きつりつ》は、ただそれだけで脈打った。

「だ、駄目だ、待て射手谷、駄目、無理、そこ、汚いからっ」

「待たない」

笑みを含ませ言い放ち、射手谷は口元にある剛直を一気に喉まで飲みこんだ。

また、秋季の腹が震える。指先を這わせている太ももが一瞬引きつるように戦慄《わなな》いた。

「んっくっ……」

しかし、驚いたのは射手谷のほうだ。

秋季のものを柔らかく舌で包みこみ、えづきながら喉奥の粘膜を、咥《くわ》えたものの先端へ押しつけた途端、その先端から勢いよく体液が迸《ほとばし》ったのだ。

慌てて秋季のものから口を離し、唇を押さえ喉の奥でむせてしまった。

「けほっ、はっ、はっ」

「あ、あああ、ご、ごめん射手谷。悪い、ごめん、どうしよう俺……っ」

慌てたのは秋季も同じだろう、達した余韻など吹き飛ぶほど青ざめて、身を起こすとおろおろと射手谷の世話をしようとする。だが、射手谷は咳《せ》きこみながら容赦なくその体を再びベッドの上に押し倒した。

「い、射手谷」

「けっほ、はぁ、さすがにびっくりした。秋季ちゃんが早漏だったとは」

「いつもはこんなんじゃ……ていうか、俺の出したのは？　まさか射手谷、吐き出せなかったのか？　ごめん、どうしよう俺、こんなつもりじゃ……」

「はいはい、落ちつけって。俺、飲むの好きだからなんの問題もないぜ」

「……の、飲むのが好きっ？」

そんな馬鹿な話があるか。

と秋季の瞳が訴えていたが、気にせず射手谷はベッドサイドに置いてあったアメニティグッズの中から、小さな袋に入ったローションを手に取る。

せっかくの、秋季の初ラブホテル体験だ。

面白い効果があるといいのだが、と見てみると味のついたものだった。すっかり動転している秋季に、射手谷ははしゃいでそのローションを開けてみせる。

「そんなことより秋季ちゃん、これマスカット味だとさ。秋季ちゃんマスカット好きかい？」

「た、食べたことない。っていうかあんたが今飲んだもんに比べれば、なんだって旨いだろ……」

僅かな刺激で達してしまった上に、出したものを相手に飲み干されるという、初めてどころか想像もつかなかったらしい出来事に、すっかり秋季はしょげかえっているようだ。

このまま帰ってしまっては、気持ちよくもなんともない。ここからが本番、とばかりに射手谷はそのローションを秋季の腹の上へと垂らしてやった。

もう終わったと思っていたらしい秋季が、冷たい刺激にまた震える。

「ま、まだすんの？」

「お前が気持ちよくなってないんだから、何も始まってないだろ。ほら、マスカット味」

ローションが溜《た》まった秋季の腹を撫でると、その指を秋季の鼻先へと近づける。

しばらく不安そうに射手谷と射手谷の指を交互に見つめていた秋季が、おずおずと舌を差し出してきた。

指先から、舌のぬくもりと刺激が伝わり、射手谷の腹の奥深くで熱欲が脈打つ。

「うわ、本当だ……飴《あめ》の味がする。旨い……」

「全部食うなよ」

「た、食べないよっ」

と、言うわりに、秋季はじっと射手谷の指先ばかり見つめている。

このままでは本当にローションを食べ尽くしてしまいそうだ。

苦笑いを浮かべ、射手谷は秋季の腹に手をつけるとゆっくりとローションを伸ばしはじめた。

ぬるつく愛撫《あいぶ》は、今までとまるで違う快感だろう。

「す、すごい、何これ……」

「お、よかった、気持ちいいか？」

「うん……よ、よくわかんないけど、さっきからちゃんと気持ちいい」

すなおな告白に嬉しくなり、射手谷は濡れた指先で秋季の胸を撫でてやる。その胸筋の上でかすかに主張する、小さな粒をそっと押しつぶすと、秋季が不思議そうに射手谷を見あげた。

「っ……お、女の人じゃないのに、そんなとこまでなんか変だ。射手谷も、乳首触られたらなんか変になるのか？」

「慣れないうちは全然乳首感じない奴もいるよ。俺はそうだなあ、感じるほうだなあ。けっこう癖になるだろ」

にやりとわらって指先でそこをつついてやると、秋季はベッドにこめかみを押しつけ吐息を漏らす。

残念、これが遊び慣れた男なら、このまま食べてしまうのに。

マスカットの香料に包まれながら、そんなことを考えてしまう。

だが、そんな狼根性の抜けきらなかった射手谷に、ふいに秋季が手を伸ばしてきた。太い指先が、そっと射手谷の胸板に触れ、遠慮勝ちに胸の飾りに触れてくる。

「っ……なんだ、秋季ちゃんもサービスしてくれるのか？」

「……いや、あんたは、どんなふうなんだろうと思って」

秋季の指先は荒れていた。

固い皮膚に覆われ、ささくれている。その指先が乳首の先端をかするだけで、鋭い刺激となって射手谷の肌を震わせる。

なんだか、申しわけなくなってくる。秋季がこうして触れたいと思うのならば、やはり女の子の胸のほうがいいに違いない。つまらない経験をさせているかもしれないとさえ思いはじめ、かすかに射手谷は体を離そうとした。

だが、逃がすかとばかりに秋季の手が肩を摑んでくる。

「ご、ごめん……」

強く摑んだことにか、秋季はそう謝ったが、しかしもう片方の手指は、射手谷の胸に触れたままだ。

潤んだ瞳が、じっと射手谷を見つめていることに気づき、つい視線が泳いでしまう。

「んっ、あ、秋季ちゃんっ、ちょっと……っ」

不安定な姿勢のままではいられず、つい一緒になってベッドに崩れ落ちてしまった射手谷の腰を、秋季が乱暴な手つきで引き寄せた。二人の腹の間で、ローションが音を立てる。

自分の体温が、急速に上がっていくのを射手谷は感じていた。

エスコートしてやろうと思っているのに、同時に秋季の好きにさせてやりたいとも思う。

その逡巡の隙を縫うように、秋季が指で弄《いじ》るだけでは満足できなくなったように、射手谷の胸に唇を寄せてきた。焦《じ》らす余裕などない、きついほどの吸いつきだった。

「あっ、ぁっ」

「射手谷、マスカットの味がする……」

熱の籠《こも》った吐息が肌を撫で、分厚い舌が胸の突起をこそげとるような強さで肌を這う。

技巧も余裕もない、初めての男の本能的な欲望に、射手谷は腰が引けないようただただ必死だった。

大きく武骨な手が、射手谷がしていたことを復習するようにこちらの肌をなぞりだす。

そして、邪魔そうに腰に巻いたバスタオルをはぎとられ、支配されていくような感覚に射手谷は総毛立った。

こんな心地は初めてだ。

だが、秋季はもっと初めてだらけなのだろう。

こんな興奮も、欲求も何もかも。そう思うと、何もかも秋季のしたいようにさせてやりたくて、射手谷は長く執拗《しつよう》な胸への刺激にただひたすら耐えていた。

気づけば、太ももに固いものがあたっている。

秋季の、一度達した肉茎が、再び屹立し、膨らみきった先端はどう身をよじっても射手谷の太ももに触れた。無意識だろう、秋季の腰が揺れている。刺激を求めるように、射手谷の肌に己のものをなすりつけてくるのだ。

その、肉欲に忠実な秋季の姿に、今まで誰とベッドを共にしても疼《うず》いたことのなかった場所に違和感を覚え、射手谷は吐息をこぼした。

シャワーを浴びるとき、準備がてらほぐしてきた場所が疼いている。

何も知らない秋季にいろいろ教えてやるつもりが、射手谷まで初めての感覚に戸惑いはじめていた。

「んっ、ふ、ぁっ」

小さな胸の飾りを吸われる。舐められる。夢中になって貪りつかれ、何度も歯があたり、その刺激に射手谷の雄もまた反応しはじめている。

このまま、どちらともなく果てるまで乳首をいじめられたらどうしよう。

そんな不安が浮かび、射手谷はつい、秋季の耳元に囁いていた。

「あ、秋季ちゃん、挿れてみる？」

「何っ、を？」

獣のように荒い吐息のまま、秋季が目だけで射手谷を睨み据えた。

欲望にちりちりと燃える瞳に、理性のすべてが焼きつくされてしまいそうな心地だ。

「これ、辛いだろう……指でしてやろうか、さっきみたいに口でしてやろうか……それとも、俺で童貞捨ててみるか？」

断りやすいよう、最後にあからさまな言葉を混ぜる。

しかし、秋季の瞳に躊躇は浮かばなかった。

これ、と言いながら、射手谷が両腿《りょうもも》を閉じあわせ、その隙間で秋季のものをゆっくりと嬲《なぶ》ったせいだろうか。

腹からつたうローションや、秋季自身の先走りの体液で、太ももに挟んだ肉茎はすべりがよかった。

閉じあわせた両腿をこすりあわせると、腿の隙間で秋季のものがはっきりと脈打つ。

「挿れるって、どこに……？」

余裕のない表情からこぼれた初心《うぶ》な台詞に、射手谷はほんの少し余裕を取り戻すと、ようやく秋季から身を離す。

嬲られた片側の乳首がひりつくのに、部屋の空気に触れるだけでじんと痺《しび》れる。

射手谷は秋季をまたいで膝立《ひざだ》ちになると、残りのローションをすべて手にとった。そして、濡れた指先をゆっくりと、自身の秘部へと運ぶ。

秋季が、目を見開いた。

「どうする？　やっぱやめとくか」

けたけたと、精一杯の余裕をかき集め笑ってみせると、秋季は何か言いかけて、しかし唇を開いただけに終わってしまった。

何を思っているだろう。

どう感じているだろう。

秋季が気持ちいいのなら、いい思い出になるのなら、口でも手でも後孔でも、どこでもいい。けれども、その欲望の行きつく先すら初めての経験である秋季は、自分でもどうしたいのかわからないのかもしれない。

ただ、後ろを自分で慰める姿をじっと見つめられ、射手谷は耐えかねて視線を逸らした。

「やめろよ、恥ずかしいっていうか、見ててもつまんないだろ、あんまり見るな」

「……いや」

ひどく、秋季の声がざらついていることに、射手谷は気づけなかった。

こんな場面で、こんなに余裕がないのは本当に初めてのことで、自分でも少し混乱していたのかもしれない。

だから、一瞬の暗転ののち、しばらくの間自分がどうして秋季に見おろされているのかさえ理解できないでいた。

ふと気づけば、膝立ちだったはずの自分の体はベッドに押しつけられ、逆に覆いかぶさる姿になった秋季が、じっとこちらを見つめていたのだ。

「あ、れ……、秋季ちゃん？」

「い、射手谷はいつもそんなことしてるのか？」

ざらついた声が、耳朶を這う。

焦っているような、怒っているような、興奮しているような。とにかく不思議な声音だった。

「いや、まあ俺たちは使う穴がこれしかないだけで、女の子となら……」

「そうじゃなくて、射手谷がっ」

叫ぶようにそう言ったかと思うと、秋季の手が無造作に射手谷の腰を掴んだ。

割り開かれた足の間に居座った秋季の、頑強な腰が押しつけられる。

ローションに濡れそぼった後孔に、固くて熱いものが触れた、と思った瞬間、射手谷は息を飲んだ。

「っ……！」

「う、わっ……っ」

秋季だ。

秋季が入ってくる。

初めての男の挿入は、気遣いなどどこにもなく、ただ根元までこじ入れるようなものだった。

痛い。圧迫感に腹が引きつりそうになる。

つい、漏らしそうになったうめき声を聞かれまいと、射手谷はとっさに自分の腕を噛んだ。

目の奥で何かちかちかする。

シャワーを浴びるとき、準備していなかったらもっと辛かったのかと思うとぞっとした。

いつも、セックスフレンドたちはこんな苦痛を耐えているのだろうか、と驚きさえ胸に浮かぶ。

だが、痛みと苦しさにうわずった吐息を整える暇もなく、秋季が動き始めた。

「んっぅ、んっ！」

「はぁ、はっ、は……何、これ……射手谷の中って、こんなになってるのか……っ」

欲望一色の、乱暴なストローク。

お互いローションまみれだったため、秋季が腰を打ちつけるたびに淫靡《いんび》な粘着音が耳を犯す。

ぬるつく液体に助けられ、なんとか痛みをやり過ごした射手谷はゆっくりと目を開け秋季を見あげた。

きらきらと、汗の粒が光りながら降ってくる。

秋季は、夢中になって射手谷を貪っていた。気持ちいいのだろうか。そうなら嬉しいのだが。

少しでも己の肉欲を楽しんでほしくて、射手谷は必死になって腰を浮かせた。

ときおり腹に力を入れ、これ以上ないほど興奮しきった秋季のものをしめつけてやる。

「う、わっ……」

秋季が、いっそう眉をしかめた。

もっと、と悦楽を欲するように、乱暴に彼の手は射手谷の尻肉を掴み、ぐいぐいと腰を打ちつけてくる。

飢えた獣のような勢いに最初こそ苦痛を感じていた射手谷だが、しかし秋季と違い性の楽しみに慣れきった体は次第にその激しさに反応しはじめた。

揺さぶられ、汗が降りかかるたびに、肌が震える。

驚くほど質量のある秋季のものが内壁をこするたびに、ある一点から手足の指先に至るまで狂おしいほどの愉悦を伝えてくる。

ほんの少し、秋季が姿勢を変えたときだった。

その、一点に嫌というほど秋季のものの凹凸があたる体勢になった途端、射手谷は自分の体が自分のものではなくなったかのような刺激に、気づけば声をあげていた。

「ふぁ、ぁ、あ、あっ？　あ、や、あう、あっ、そこ……っ」

わかっている。

いままでしつこく、射手谷が誰かのそこをいたぶりよがらせてきたのだ。

だが、自身で感じるそこへの刺激は想像以上だった。敏感な場所をただ乱暴なばかりの肉欲に穿《うが》たれ、揺さぶられる。

秋季も、その圧迫感が心地よいのだろう、何度も何度も、それればかり求めるように射手谷の敏感な場所を抉《えぐ》り出す。

余裕など、もう一欠片も残ってはいなかった。

「はぁ、はっ、はっ、ぁ、ぅあっ」

自分の肉壁が秋季のものに絡みつくたびに、秋季も吐息をこぼし、もっととねだるように抽送を繰り返す。

その肉茎が二度目の限界を迎えようとしたとき、秋季がさらにのしかかるように射手谷を押さえつけ、深く深く身を沈めてきた。

押し広げられた淫壁が期待に震える。

「あ、あ、っ、あっ」

ぐちゃぐちゃと、射手谷の内部は初めてだというのに淫《みだ》らに秋季のものに絡みついていた。

秋季が、その淫らな奥深くに雄を沈めたまま、首を伸ばして射手谷の胸に顔を寄せる。

「んーっ！」

すっかり、赤く腫《は》れてしまっている乳首に、その唇が吸い寄せられた途端、射手谷は達していた。

触れられる場所と場所がすべて愉悦の線で繋《つな》がったかのような激しい快感だった。

と、同時に、貪りつくされた奥深くで、熱いものが爆《は》ぜる。

秋季の体液が、自分の中をどこまでも浸食してくるのを感じながら、射手谷はそっと胸にある彼の頭を撫でてやったのだった。


神前式がいい。いや、チャペルがいい。

ホテルの披露宴がいい。いや、ガーデニングパーティーがいい。

射手谷は妹たちの結婚式の相談を、懐かしく思い出していた。

それは「お兄ちゃん」の卒業の儀式の思い出でもある。

一生に一度の思い出、自分たちが主役の日だからと、はりきっていたが、そもそも彼女たちは生まれてこの方ずっとお姫様だったではないか。と、射手谷はあの日、白けた心地で結婚式に参列した。

制服が可愛い、という理由で遠方の中高一貫校へ通った一番目の妹を、射手谷は「夜道が危ないから」と心配する親に請われて毎晩迎えに行っていた。

バレエをやっていた二番目の妹は射手谷に似てよくモテた。おかげで、ストーカーを追い払うのも、彼氏と間違えられて敵意を持たれるのも珍しいことではない。

少しおっちょこちょいな三番目の妹は、しょっちゅう架空請求メールやチャットで騙されては、父母がその手のことに疎いからと、代わりに尻ぬぐい。

妹という存在ができたときから、射手谷はお兄ちゃんという役割を進んで引き受けていた。いいお兄ちゃんね。そう言われることが誇らしくもあった。

もとより父親は娘には過保護だし、母親は妹思いの息子が大層自慢だった。

だから、やりすぎた、少し、間違えてしまった、と気づくのに、射手谷は随分時間がかかってしまった。

あれは妹の中で最初に開かれた次女の結婚式。

いつもより綺麗な妹と、賑やかな披露宴と、そして照れる新郎。

あの日は欠片もうまく笑えなかった。何も楽しくなどなかった。

お兄ちゃん、という名の便利屋が、解雇されたのだと否応なく気づかされたのだ。

妹は射手谷のことを「いいお兄ちゃんだった」とかなんとか言いながら、過去の人にする。

何か困ったことがあれば今度は夫を頼り、そして結婚式の花嫁の手紙に、父母への感謝の言葉は当然あったが、射手谷への言葉はなかった。

別に、妹たちへの献身に何か見返りを求めていたわけではない。

けれども、そのささやかな出来事は小さな棘《とげ》となって射手谷の「お兄ちゃん」という皮膜に突き刺さり、その中に隠してあった本音をのぞかせてしまったのだ。

羨《うらや》ましかった。

女というだけで父から溺愛《できあい》されることも、妹だからといって甘えて許されることも……誰かが、いつでも守ってくれることも。

平和な家庭だった。

いつも笑い声に満ちて、誰も貶《おとし》めあうことのない、秋季には想像もつかないだろう温かな家庭だった。

だから、射手谷は不満に気づかないまま、我儘《わがまま》になることができなかった。

いや、すなおでいいお兄ちゃんだったばかりに、どう我儘を言えばいいのかわからなかったのだ。

射手谷は次女夫妻が、射手谷家に住むことになったのをきっかけに、家を出ることにした。

ときおり妹が無断で着ていた服も、妹がよく座ってはお菓子の食べこぼしをしていた布団も、何もかも置き去りにして、新しい地で何もかも買い換えてまっさらになったとき、射手谷は恐ろしいほどの寂しさと同時に、生まれて初めての解放感を覚えたのだ。

同性愛を意識したのは、そうやって一から自分という人間を構築しはじめた頃だった。

どのみち、どんな女性が相手でも、その中に妹の影を見ては身構えてしまう自分がいる。

せっかくモテるのに、男女の交際を楽しめない自分に疑問を抱いて生きてきたが、ある日男からアプローチを受けたとき、ようやくしっくりきたものだ。

今では同じ性指向の男たちと楽しくやっている。

ときおり、妹たちの結婚式が脳裏をよぎる。

面倒だが楽しそうで、金はかかるが幸せそうな、永遠を誓う儀式。

よぎると、不思議と新しい別の誰かと遊びたくなるのだ。かといって乗り換えるわけでもなく、二股、三股と増えていき、ややこしい喧嘩になるたび、あとくされなく遊ぶ方法に長《た》けていった。

現在。

自分は今日も恋人でもなんでもない男と、素っ裸でベッドに寝そべっている。

ひどい感覚だ。

腰が痛い。腹も痛い。どこもかしこも重たく、鈍い痛みが頭痛さえ誘発した。

しかし、どうしてか射手谷の胸には後悔など湧いてこないままだ。

ラブホテルのベッドで、汗の匂いを纏《まと》ったまま絡みあい、射手谷を抱きすくめるようにして秋季は眠っている。

初めての性行為に興奮しすぎたのだろう。欲情し、何もかもさらけだした青年は、体を清める暇さえなく気づけば眠りこけていたのだ。

秋季を一人残してシャワーを浴びようかと思ったが、すがるような彼の腕を無理やり引きはがせば起こしてしまいそうで、それが嫌でじっとしたまま。もう、三十分ほどになるが、その間秋季は死んだように身じろぎ一つしない。

この青年は……と、射手谷はゆっくり、今夜の肉欲のひとときを思い出す。秋季は明らかに、最後のほうには怯《おび》えてた。自分の中の激情も、欲望も理解できず、ただ欲するままに射手谷を暴きたてながら、そのくせその勢いに自分自身でさえ驚いていたようだ。

こんな暴力と紙一重の欲望を、もし女の子相手にやらかしていたら大変なことになっていたな、と射手谷は苦笑する。

だからよかったのだ。

恋人でもなんでもない相手で、欲望がどれほどのものか試せたのだから、いい経験になったはずだ。

そう、自分に言い聞かせる。

「ん……」

射手谷の心の中での言い訳が聞こえたかのように、秋季がついに身じろぐと目を覚ました。

一瞬、自分がどこにいるのかわからないような顔をしたあと、射手谷と目があう。と、同時にはたとその表情が、申しわけなさそうなものに変わった。

「あ、ごめん、俺寝てたのか……。いや違う、ごめん射手谷……なんか、全部ごめん」

「なんだ全部ごめんって、気持ち悪かったのか？」

体に残る痛みに気づかれたくなくて、射手谷はにやりと笑ってからかってやる。

「秋季ちゃんこそ大丈夫か？　動けるなら風呂に入ったほうがいい」

「大丈夫。っていうか、気持ち悪くないかって射手谷しょっちゅう言うんだな。どうしてだ？」

「……普通は、男同士だとか女同士だとか、キスだって気持ち悪いって言うもんなんだよ」

「……射手谷、やっぱりごめん」

話が嚙みあっていないように思えて、射手谷はベッドに額をおしつけるようにして首をかしげた。その鼻先に、秋季が顔を近づけてくる。

唇が、目の前に迫るだけで胸がときめいたことを、もう気のせいだと言い訳することはできなくなっていた。

「俺がちゃんと言わないから、あんたに気ばかり遣わせてるんだな。俺、すごく気持ちよかった。気持ちよすぎて怖かった。今でも少し、怖いくらい……だから、気持ち悪いことなんてない」

秋季を連れまわすようになって、いろんな初めてを紹介した。

その都度、秋季は面白くなければそう言い、面白ければ戸惑うように、二回目をねだった。

それが可愛くて、もっと何かしてやりたくなって、久しぶりにお兄さんぶっていたような気がする。

けれども、射手谷もまたいくつかの初めてを体験していた。

もう、なんでも知っているような気になっていたけれど、こうして抱かれる側になるのは初めてだ。それに、この胸のときめきも……。

「ははは、よかった。せっかくのエッチの練習が気持ち悪かったら、誘った俺が訴えられても文句言えないからな」

「射手谷……」

「いい練習になっただろう。今夜みたいなノリで初めてできた彼女にがっついたら、嫌われる前に壊しちまうぞ。覚えとけよ」

秋季の結婚式を見てみたいと思った。

素敵な花嫁の隣で照れたような仏頂面をして、ケーキカットをするのだ。

そして、永遠に幸せな人生を送る。

射手谷は、胸に湧いたときめきを味わいながらも、それ以上の気持ちには蓋をした。

心の底から、秋季に幸せになって欲しいと思ったがために、射手谷の胸に湧いた気持ちはそれを阻害するものにほかならなかったからだ。

「い、射手谷、あのさ……」

「風呂一緒に入ろうぜ秋季ちゃん。せっかくだし泡風呂しちゃおうか」

「……泡風呂？　って、コマーシャルでやってるやつ？」

「そうそう。泡々だぞ、この部屋風呂広いし、楽しいぞ～」

器用に秋季の腕の中を抜けベッドサイドに立つと、射手谷は早速風呂場に向かった。

まだ、熱も痛みも、秋季の欲望さえはらんでいる下腹部が膿《う》んだように脈打つ。ひどく痛くて重たいのに、この痛みの中に溺《おぼ》れていたいと、射手谷は思うのだった。


まだ出勤してる人は少ない、と油断して、あたりに気を配っていなかったことに気づいたのは、前方不注意で目の前の誰かにぶつかってからだった。

フロアタイルに抱えていた資料をぶちまけてしまった射手谷は、ぶつかった相手に謝ろうと口を開く。

「失礼しました、ちょっとよそ見を……」

「すみません、俺拾いますっ」

同じタイミングで慌てて謝る相手の正体に気づいて射手谷は声をあげた。

「なんだ秋季ちゃんじゃないか。今日はゆっくりだな」

ガラス壁の向こうにあるプラス・フォーユーのオフィスを、ぼんやり見つめていた正体は秋季だった。

資料をぶちまけたことに慌てたのか、相手が射手谷だとも気づかず床にしゃがみこんだ秋季が、驚いて顔をあげる。その傍らに射手谷も同じように膝をつくと、ちらりとガラスの向こうを見た。

射手谷の部署は今週は忙しく、ビル開錠と同時に出社するメンバーがいつもより多い。秋季が何を見ていたのか確かめるつもりが、その顔馴《な》染《じ》みの群れの中に川辺の姿を見つけてしまい、また射手谷は手元に視線を戻した。

「悪い射手谷、これ踏んじまった」

「ああ、それは別にいいよ、俺の本だし。それより、何見てたんだ、ぼけっとして」

「いやっ……別に、なんでもない」

妙な様子に、射手谷は首をかしげる。

しかし、そうしている暇に、秋季はあっと言う間に散らばった資料を集めてくれた。一緒になって再び立ち上がる頃には、秋季からは妙な違和感は消えてしまっている。

相変わらず青い制服姿はよく似合っており、その手にいつもしている手袋はなかった。もう、このビルでの清掃は終え、次に移動する時間帯だろうに、ゆっくりしているのはやはり珍しい。

「はい、これ。悪かった、大事なもん、汚れてないといいんだけど」

「誰かさんが毎朝綺麗にフロア掃除してくれてるから、ちょっと落としたくらいで汚れたりしないよ」

「あ、う……だと、いいんだけど。射手谷、旅行でも行くのか？」

秋季の視線が、射手谷の手元にそそがれている。

受け取った資料はどれも、スペインやイベリア半島の資料ばかりで、観光向けの雑誌も含まれている。次の長期休暇を前に浮かれている男に見えなくもないだろう。

「いや、もうじきスペイン祭りが始まるから、準備が大詰めなんだ。秋季ちゃんも来てよ、きっと楽しめるから」

「スペイン……って何あるんだ？　旗が派手でかっこいいのは知ってるけど、あとは闘牛くらいしか思いつかないや。闘牛するのか？」

「闘牛か……インパクトあるな、なんで思いつかなかったんだろ。スペインは建築天国で、いい建物がたくさんある。そのミニチュアみたいなブースを作る予定なんだ。黒字になってくれるか今から冷や冷や」

「ふうん……」

よくわからない、と首をかしげた秋季に、射手谷は手持ちの資料を適当にめくり、ちょうど現れたページを見せてやる。

見開きのページに重要文化財の建築物。

タイル、漆喰《しっくい》、鉄や大理石を巧みに組みあわせたスペイン特有の建築物に、秋季は眉をしかめる。

「掃除大変そう」

「ロマンのない奴だな」

「でも旅行は興味あるよ」

意外な言葉に、射手谷は目を瞬かせた。

いつも鬱々と自宅か職場にこもるばかりの男とは思えぬ発言に、秋季自身少し恥ずかしかったのか目をそらしてうつむいてしまう。

「旅行っていうか、瑞穂を連れてばあちゃんち出るとき、遠くへ行くのが楽しかったんだ。知らない街につくと、なんか冒険してるみたいだった。海外旅行なんて贅沢言わないから、一度ちゃんと旅行に行ってみようかな」

「ああ、わかるな。俺も実家から遠く離れて、知らない街に暮らしはじめたらすごくわくわくした」

「でも、今もちょっと冒険みたいな感じかな。射手谷がわけわかんないとこにいっぱい連れて行ってくれるから」

最初はあれほど渋っていたのに、今ではそんなふうに言ってくれることがくすぐったい。

しかし、秋季のほうから「旅行に行ってみようかな」なんて前向きな言葉を聞けたことが嬉しくて、射手谷は胸に湧いた言葉を口にしようか逡巡した。

最近の秋季なら、誘えばなんにでも応じてくれそうだ。

だがそれでよいのだろうか。

ふと、肌をあわせた夜のことを思い出すと躊躇してしまう。

自分の心が、急速に秋季に傾こうとしている。

その傾斜が激しくて、自分でも親切心で遊びに誘っているだけなのか、それともただ一緒にいて、秋季の感動に寄り添っていたいのか、よくわからなくなるときがあるのだ。

しかし、と射手谷は考え直す。

秋季の初心さにあてられているだけで、いざとなれば自分はブレーキをちゃんとかけられる男だ。

そう自負して胸に湧いた言葉をやはり口にした。

「じゃあ、いつか一緒に行こうか、旅行」

「えっ？」

「さすがにスペインは遠いし高いし、休みもとれないだろうけど、二泊三日くらいで、国内旅行なら行けるだろう」

「……うん、いつか行ってみたいな」

いつか。

その言葉はひどく便利な言葉だった。

確約ではない。そのくせ、淡い期待を抱かせる。

「まあ、遠い予定より目先の予定だな。今度の土曜もつきあってくれるか?」

「俺は大丈夫だけど、あんたも忙しいだろ。最近毎週俺につきあってくれてるけど、ちゃんと休めてるのか」

「心配ご無用。娯楽は俺にとって至上の休息だ。じゃあ、また土曜、あけておいてくれ」

「わかった」

相変わらず笑顔は滅多に見せないが、仏頂面にも思える秋季の表情のささいな変化が、最近顕著にわかるようになってきた。

眉をしかめ、にらむような瞳の奥底にまだ心配げな彩りがあることに気づき、射手谷はわざとらしいほど元気に笑ってみせると軽く手を振ってやる。

いつも器用になんでもこなす性分のせいか、大丈夫か、なんて言われたことはあまりない。

だから、秋季の不器用な優しさは嬉しかった。

ようやく掃除道具の入ったバケツを持って立ち去る秋季の後ろ姿を見送ってからオフィスに入ると、方々から挨拶が飛び交う。

愛想よく返事をしながら自分のデスクにつくと、先に置いてあった荷物の中で携帯電話のランプが点滅していた。

メールの着信だ。

開くとキョウからだった。

他愛ない内容。少し前なら、メールの返信がてら遊びに誘おうかと思うところだが、今日もそんな気にはなれない。

秋季との「遊び」は期限つきだ。

瑞穂の結婚にどんな結論が出るかはわからないが、どちらにせよ来年になればもう秋季を連れ出す理由はなくなってしまう。

今は、期限つきのこの関係をめいっぱい楽しみたい。胸に湧いたほんの少しの恋情に今しばらく溺れていたくて、射手谷はいつもと違い返事に時間がかかった。

別に関係が切れてもよいのだが、かといって適当な返事をするのも悪い気がする。

と、文面に迷ううちに、ふいにデスクに人影を感じ顔をあげると、いつの間にかすぐそばに川辺が立っていた。

気まずそうに眉をしかめながら、一瞬口ごもったのち「おはよう」と小さな声が届いてくる。

「……お、はよう。なんか、用か？」

どう反応していいかわからず、射手谷の声も自然と低くなる。

そんな射手谷のデスクに、川辺が手にしていたものをそっと置いた。青いパッケージに包まれたラスク。店名を見て、角丸デパートに入っている人気洋菓子店のものだとすぐに気づいた。

「向こうのブース分けは従来通りらしい。例のイベリコ豚の店と、フラメンコのコーナー以外はぱっとしない。うちのほうが客受けはいいだろう」

「…………」

向こうのブース、とやらが角丸を指すことに気づいたのち、射手谷はなんと返せばいいのかわからなかった。

罪ほろぼし、というには安い情報提供。

しかし射手谷は、川辺の罪悪感がどうしてか嬉しかった。

「お前の言うとおり、今度からは……お前の靴でも隠してみるよ。今回の件は悪かった」

「……ここんとこ忙しくて、なんのことかちょっと思い出せないけど、了解したよ」

秋季の表情の変化はわかるようになったが、川辺の表情は未だにわからない。

これだけの溝ができてもなお、川辺から悪意を感じることができないからだ。

その川辺の視線が、ふと射手谷の手元に吸い寄せられる。デスクに開いたままの携帯電話。

少しうろたえた様子で川辺が珍しく気弱な表情を見せた。

「ああ……メール中だったのか、邪魔したな」

「いやかまわんよ。仕事関係じゃないし」

「相変わらず遊んでるみたいだな。色気のある約束か」

「まあね。川辺も少しは浮いた噂聞かせてよ」

「……射手谷」

「ん？」

「すまない」

それだけ言うと、川辺はそっけなくきびすを返し、自分の席へと帰っていってしまう。

射手谷はさっそくラスクの包みをあけ、砂糖の粒に輝くそれをかじった。

甘い。評判通り、癖になりそうな味だ。

だが、口腔に広がる甘みは、射手谷を癒してはくれなかった。

すまない。最後にそういった川辺の視線が気になる。

やはり悪意は感じなかったが、しかしどこか薄暗い闇《やみ》をはらんでいるような気がしてならなかった。


「なあ射手谷《いでや》、男と女のデートも、だいたいこんな感じなのか？」

土曜の夜の店はほどよく混《こ》んでいた。

最近はやりのスペインバル。黒いカウンターと漆喰壁《しっくいかべ》のコントラストの綺麗《きれい》な店内には、食欲をそそるにんにくの香りが微《かす》かにただよっている。

そのカウンター席で、小さなスツールに巨体を縮こませるように座った秋季《あき》がそんな呑気《のんき》な質問をしてきたのは、お互いビールが二杯目になったときだった。

あまり浪費に慣れるのも怖い、と秋季が言うので、最近は贅沢《ぜいたく》をするのは月に一、二度。それ以外は夜の川べりで弁当を食べてからバッティングセンターに出かけたり、学生時代の金のかからない遊びを思い出しながら過ごしている。

今日は秋季の給料日前。

堅実な秋季は、一カ月の節約の結果出た余分な金を遊びにあてたがるので、今夜は贅沢の予定だ。

この日ばかりは、秋季も以前に比べ、好きに飲み、好きに食べるようになってきた。

ちびちびと外国のビールをすする秋季に、射手谷は肩をすくめ答える。

「人によるだろうなあ。けどまあ、小津《おづ》と瑞穂《みずほ》ちゃんはこんな感じらしいぞ。ああ見えて二人ともカラオケ好きだからよく行くらしいが、秋季ちゃん苦手だもんなカラオケ」

「ああ、歌わかんないし。うるさいし。店汚いし」

「すいませんね、汚い店に連れてっちゃって。秋季ちゃんはけっこう綺麗好きだな」

「そういえばそうだな。仕事も好きだし、家にいるときもやることないから掃除ばかりしてる。実家がすごく汚かったんだ、だから汚いのは好きじゃない」

「いいな、反面教師か」

マッシュルームのオイル煮をひとつ口に放りいれ、射手谷はうなずく。

きのこ類としては決して安くないマッシュルームに秋季はご執心のようで、すでに二皿目だ。

「射手谷ってさ、いつもそんな感じなのか、それとも俺と賭《か》けの最中だから、親切なだけなのか?」

「なんだよ急に。親切とか言われると照れるだろ」

そうだ、そういえば賭けの最中だった。

と、クリスマスの準備に煌めく街を思い浮かべて射手谷は少し憂鬱《ゆううつ》な心地になった。

年末になればいっそう秋季をエスコートしてやりたいイベントも場所も増えるのだが、その予定を考えるたびに、別れの時間が近づいていることを思い知って寂しい。

末期だな、と自分の恋情を笑う射手谷は、以前足しげく通っていたゲイバーもすっかりご無沙汰《ぶさた》だ。

秋季にそんな寂寥《せきりょう》感を気づかれまいと、射手谷はエビの殻剝《からむ》きに夢中なふりをして相手の疑問符の続きを待つ。

「俺、昔はけっこう頑張って、職場の人との飲み会とか、行ってみたことあるんだけど、なんかみんな俺の話は重いって言うから……」

「重い?」

「そんな特殊な家庭の話されても困る。いちいち同情してられないし空気が重くなるってさ。射手谷はそんなこと言わないし、別に普通に喋《しゃべ》ってくれるからなんでだろうって思って」

「ああ、うん、重いよ」

あっさり答えると、秋季が青くなってこちらを見た。

綺麗にはずれたエビの頭で秋季のその鼻先をつつきながら射手谷は続ける。

「ただ、秋季ちゃんのは不幸自慢とか、同情してほしいっていうのとは種類が違うからなあ。なんていうの、それしか話題がないっていうか」

「………」

秋季が、何も言わずに目を瞬《しばたた》かせた。

「人が聞けば重たい話に聞こえるだろうけど、秋季ちゃんの家庭の話は、ほかの人が『おれのおふくろがさー』とか『こないだ家族でキャンプ行った』とか、そういうのと一緒だと思うんだよ」

どんなに適当にあしらっても、秋季が家庭の話で食い下がったり、射手谷にはわからないだろうけど、などと言ったことは一度もないことを、射手谷は最初から意識していた。

それに気づいてしまえば、秋季との会話はそう難しくない。

秋季は、同情も憐憫《れんびん》も求めてはいないのだから、返事をするのに身構える必要もないのだ。

「秋季ちゃん真面目だから、仕事の愚痴とかも言わないしなあ……。最近はどう？　誰かと無駄話するにしても、外に遊びに出てるとどうでもいい話題浮かぶだろ？」

「職場でこないだ、ボウリングに行きましたって言ったら、今度行こうって誘われた。困ってる」

「しつこいのか？」

「いや、射手谷相手みたいに、うまく盛り上がれるかわかんないし」

「ははは、真面目な顔してガーター連発してる姿見たら、みんな秋季ちゃんの可愛さに気づいてくれるよ」

「う、うるさいなっ」

エビの殻が綺麗に剝けた。

オレンジ色の虎猫《とらねこ》模様。尻尾を持って、ぷりぷりの身にたっぷりオイルをつけると、射手谷はその身を秋季の口元に押しつけてやった。

「はい、あーん」

「えっ、えっ？」

勢いにつられたのだろう、秋季がそのまま射手谷の手からエビをかじる。

かじってから、ようやく自分が何しているか気づいたらしく、その顔が真っ赤になった。

「ば、馬鹿なことさせんなよ！」

「職場はよく恋愛転がってるからなあ、行ってみたらどうだ秋季ちゃん。実は密《ひそ》かにお前を好きだった女の子とかいるかもよ」

「……射手谷のほうが、よっぽどそんな女の子たくさんいそうじゃないか」

「いるだろうなあ。俺イケメンだし優しいし」

もう、射手谷の自画自賛に「馬鹿」とコメントするのも疲れたらしい秋季が、これみよがしな溜息を吐《つ》く。

少しずつ、こうして秋季との距離が縮まっていく。

もっと楽しませてやりたい、もっと笑顔にしてやりたい。そう思い、しまいには守ってやりたくなる。こんな気持ちをそのまま瑞穂に伝えることのできた小津が、今となっては少し羨《うらや》ましい。

「ところで、射手谷」

カウンターの木目を見ながら、秋季が声を落とした。

少し緊張している雰囲気で、何か相談でもあるのかと射手谷は笑みを収めて秋季の横顔を見つめた。

「あのさ……あの」

「秋季ちゃん？」

「プリン、覚えてるか？」

唐突な言葉に、射手谷はしかしすぐに、三種類ほど記憶を探りだした。何が？　と逐一聞くのはスマートではない。そして、その中からもっとも昔の記憶をまず口にしてみた。

「初めて出かけた日の、俺からのお土産《みやげ》か？」

当たりだ。秋季が二度、三度とうなずくと、こちらを向いた。

「あれ、旨《うま》かったよ。ちゃんと礼言ってなかったなって、食うたびに思ってたんだけど、昨日最後の一個食べちゃってさ」

「最後の一個って、随分前の話じゃないか。賞味期限大丈夫だったのか？」

秋季はまたうなずくと、視線を逸《そ》らした。

妙な具合だ。どこかよそよそしい。

ビールグラスをカウンターに置くと、秋季は気まずそうに足下の荷物から小さな包みを取り出し、目をあわせないまま言い捨てた。

「お礼」

「…………」

もう少しで、は？　と聞き返すところだった。

その衝動をなんとか抑え込み、射手谷はためらいがちにその包みを受け取る。

秋季の、武骨な指には似合わない繊細な包み紙。開けていいのか迷ううちに、耐えきれなくなったように秋季が言い募った。

「いや、プリンだけじゃなくて本当はその……どこの店でも割り勘だけど、どうせ俺の気づかないところであんた多めに払ってたりしてるだろうし、どこ行くか選ぶのも本当は手間だろうし、だからそういうの全部ひっくるめて……」

「お礼？」

「……そ、そうだ。か、貸し借り、嫌なだけだから」

不思議と、射手谷はいつもの軽口を一つも思いつけないまま、そっと包みを開けた。見知ったブランドロゴの箱が出てくる。そっとその蓋《ふた》を外すと、中にいたのはトカゲだ。

鈍く銀色に輝く、トカゲの形のネクタイピン。

「秋季ちゃん……」

「あのっ……ほら、スペインの旅の本見せてくれたじゃん。トカゲの、モチーフいっぱいいたから……。別の清掃先のビルで見かけて、似合うかなって思って」

貸し借りが嫌なだけ。と言った口で、似合うかな、とのたまう。

射手谷は何か言おうとして、しかし唇が震えるだけに終わった。

あの秋季が、自分のためにプレゼントを選んでくれた。自分でも怖いほど、喜びが胸に次から次へと湧き溢《あふ》れる。

射手谷はうまい返事も軽口も忘れて、早速自分のネクタイピンを外すとそのトカゲを胸につけた。丁度、今日している紺地のネクタイに、優雅なトカゲのシルエットがよく映える。

まだ射手谷を直視できずにいた秋季の肩を摑《つか》んで無理矢理こちらを向かせると、射手谷は

弾む声も抑えられないまま尋ねた。

「どうだ、似合ってるか?」

秋季は、恥ずかしげにうなずいた。

「うん、似合ってる。俺、初めてのおつかいみたいな気分で大変だったんだけど……買ってよかったよ」

「秋季ちゃん、ありがとう。すごく嬉しい。大事にするよ」

「射手谷……」

「せっかくだから、来月のイベント中は毎日つけちゃおっと」

そこまでしなくても、とすっかり照れてしまった秋季は、しかし嬉しそうだ。

あれもこれも高い。そう言って、毎日こんにゃくばかり食べていた男が、射手谷のためにプレゼントを買ってくれた。

それがどれほど特別なことか。

プレゼントを渡せて安堵《あんど》したのか、秋季も今夜は饒舌《じょうぜつ》だった。ビールをすすりながら、何度も射手谷のネクタイに視線をやる姿が可愛くてたまらない。

最後に、生ハムとサラミを頼み、スペインワインを味わうと、すっかり陽気な心地で二人は店を出た。

歓楽街のはずれの路地からは、先日使ったラブホテルの看板が見える。どちらともなくその看板に背を向け歩きだす。

ほどよく酒のまわった体は暖かく、ふわふわとした酩酊感《めいていかん》が心地よくて、射手谷はよく笑った。それにつられるように、秋季も笑う。

相変わらず下手な笑顔だが、秋季が笑うたびに射手谷は幸せな心地になった。

妹たちや、今まで遊んできた青年らのように、秋季ももっと楽しめばいい、我儘を言ったり、美味《おい》しいものを食べたりして、毎日たくさん笑顔になればいい。

その願いが、残りわずかな日々の中、伝わればよいのだが。

このあとどうしようか。そんな話題になったときだった。

ちょうど、大通りに出ようと路地の角を曲がると、前方からやってきた二人連れの男が射手谷に気づいて声をかけてきた。

ガールズバーの看板に照らし出されたのは馴染《なじ》みの顔。

「久しぶりじゃないか。最近見かけないからどうしたんだろうって話してたとこなんだぜ」

「ああ、なんだあんたたちか」

隣で、秋季が居心地悪そうに立ち止まった気配を感じるが、相手を無視するわけにもいかず射手谷は男たちに手を振った。

よく行くゲイバーの常連だ。

「なんだよ射手谷さん、またかっこいいの連れて……宗旨換えかい？」

「ははは、違うよ。あんたたちこそどうしたの、あんまりモテないからお互い妥協したのかい」

「お前さんに比べりゃたいていの男がモテてないんだろうな。いつもの店でパーティーするっていうから今から行くとこだよ。あんたも来る？　キョウとか松野《まつの》くんとか来るぜ」

「あらら、俺が行ったらあんたらが相手してもらえなくなって可哀《かわい》そうだろ。遠慮しとくよ」

「あれまあお優しいこって」

秋季を紹介する気はないし、相手も射手谷の態度に何かしら感じ取ってくれたのだろう。嫌みをいくつか言いあうと、すぐに「じゃあまた」と言って立ち去ってくれた。

その背中を少しの間見送り、再び射手谷も歩きだす。

「悪かったな秋季ちゃん、ゲイバーの知りあいだ」

「……パーティー、行かなくてよかったのか？」

「ああ、そういう気分じゃないときは無理して遊ばない主義だ。それに、俺に言い寄ってくる子にフラれた男から睨《にら》まれたりするから、大人数はちょっと面倒臭い」

後ろをついて歩きながら、秋季が低い声で言った。

「気をつけろよ。あんた、変なのに恨まれやすそうだから」

驚いて射手谷は振り返った。

秋季に、恨みつらみの機微がわかるとは思わなかった、とからかうつもりが、彼の視線は思いのほか真剣だ。

「おいおい、確かに浮気は褒められたもんじゃないが、もともと遊んでることをオープンにしてる奴しか相手してないぜ」

「遊んでるうちに、本気になったりする子もいるだろ。それに……独占欲って、自分じゃコントロールできないもんだろうし」

何が言いたいかわからず黙っていると、秋季は懸命に言葉を探すようにして続けた。

「さっきの人、やな感じだった。帽子かぶってるほう。あんたのことモテるって言いながら、それが気に入らないみたいだった」

「ほほう、俺のことを心配してくれてるのか、感動しちゃうぞ」

「そういうところが嫌われてるんじゃないのか。自分よりすごい奴を妬《ねた》む奴っているよ。親父がそうだった」

「………」

「射手谷はなんでも器用にこなせるから、それが羨ましくてムカついてる人、いると思う」

なおも射手谷が黙っていると、我に返った秋季が焦りの表情を浮かべて、こちらの顔をのぞきこんできた。

「あ、だからその……あんたが遊び上手なのはいいけど、二股《ふたまた》とか、人に恨まれそうなことはほどほどにしとけよって思う」

耳に痛い言葉だ。

どうせ結婚する未来もないだろうし、とタカをくくっていたが、このささやかな片想いを覚えてしまったせいか、秋季の言葉はやけに胸に響いた。

きっと自分は一生ふらふらと落ちつかないプライベートを過ごすのだろうが、秋季がこんなに心配してくれるのなら、もう少し誠実になろうか。

そっと、胸元のトカゲを撫《な》でながら、すなおにそう思えた。

「だからその……あんたが心配なんだよ」

「ははは、そんな心配されるほど危ない遊びはしてないつもりだけどな」

笑うと、秋季が視線をそらした。

何か、思うところのあるような横顔だったが、しかし射手谷は気づかなかった。

人から心配してもらえることなんてあまりない人生だった。そのせいか、秋季の真剣さにドキドキさせられたのだ。

「秋季ちゃん、飲みなおさないか？　秋季ちゃんの店で買ったワイン、まだ開けてないんだよ」

「そ、そうなのか？　でもどこで……」

「俺んちで」

いつもの余裕を取り繕って笑ってみせると、秋季が目を瞠《みは》った。

「友だちんちとかもあんまり行ったことないだろ。安心しろ、お前ほどじゃなくても、俺も綺麗好きだから、汚い家じゃない」

気軽な台詞《せりふ》に、秋季がいつものようにおずおずとうなずく。

誓ってこのとき、射手谷はふしだらな期待など抱《いだ》いてはいなかった。

そもそも、セックスフレンドを自宅に招いたことも一度もない。

ただ、秋季ともう少し一緒にいたかっただけなのだ。

たまには他人の家でくつろぐのもいいだろうと、一緒にいたいばかりに、そう思いついただけだったのだ……。

歓楽街からタクシーで十五分。マンションの十二階。エレベーターを降りるとすぐ目の前の部屋が射手谷の手にいれた城だ。

新居にほかの男の香りが満ちることが、妙にくすぐったい。

昔、初ボーナスで買ったソファーはそろそろへたりはじめていたが、それでも秋季は気に入ったらしく、ワインを舐《な》めながら心地良さそうに体を預けていた。

アーモンドとチーズしか入っていない冷蔵庫に驚かれ、枯らしてしまってそのままの観葉植物を笑われ、マンションのローンの話に真剣に聞き入っていた秋季は、本当に知りあいの家に遊びにくるのは初めてなのだそうだ。

いつもより少しはしゃいでいたし、いつもより少し緊張していた。

それが可愛くて、いつものようにからかううちに、二人の距離はじょじょに縮まっていったことは覚えている。

最初に触れあったのは確か膝《ひざ》だった。

軽く膝がぶつかり、秋季が少し慌てて謝る。気にするな、といって伸ばした射手谷の指先と、秋季のグラスを持つ手が今度は触れた。

ソファーで抱きあう頃には、もうどちらが先に箍《たが》が外れたのかわからなくなっていた。

脱ぎ捨てようとして失敗したスラックスが、射手谷の左足首に絡まり揺れている。

向かいあわせになって秋季の膝に乗り上げ、射手谷は彼のこめかみに、耳に、鼻先に口づける。

いつから、何を考えていたのか、秋季のものはすでにジーンズの下で熱を帯び膨らんでいた。そこに、そっと指先を這《は》わせ、もったいぶってゆっくりとジッパーを下ろしてやる。

理性が、いけないと叫んでいた。

秋季との行為は、最初の一度だけにしておくべきだ。もし本当に、秋季が本気になったり、女に興味を失ったらどうする気だ。

しかしそんな自制が、秋季に見つめられた場所から、触れられた場所からとたんにとろけて欲望へと変わっていく。

「秋季ちゃん、あれから自慰した？」

「へ、変なこと聞くなよ」

やわやわと布地越しに雄を撫でられるたび、甘い吐息を漏らす秋季がそっと睨み上げてくる。

「何、エッチなこと教えてあげた身としては、こないだのことがトラウマになって自慰もできないほど悩んでないか心配でさ」

「馬鹿……」

拗《す》ねたようにそれだけ言うと、秋季はワイシャツのボタンのはずれた射手谷の胸元に顔をうずめる。肌をすすられ、甘えるように胸の突起を舐められ、自分でもおかしいと思うほど体が跳ねた。

しかし、またあの夜のように求められるままに我を失いたくなくて、射手谷はいつもの態度でにやりと笑ってみせると、自ら己の後孔を撫ではじめる。

丁度寒くなってきて、あかぎれに悩まされていたのだが、おかげでテーブルにはハンドクリームが置きっぱなしだった。潤滑油代わりにそれをたっぷり塗りつけ、己の指を押しこめる。

初めての日と違い、もうこれから何をするのかわかっている秋季の表情に、恥ずかしそうな緊張が漂っていた。

「い、射手谷って変な奴だな。あんなにキャバクラで女の子と楽しそうにしてたのに、男ともこんなことするし……」

「せっかく生まれてきたんだから、なんでも楽しまないともったいないだろ。秋季ちゃんも、最近笑顔が増えた」

「強いんだな。これで、浮気性じゃなかったらかっこいいって思えるのに」

「ははは、人間一つくらい欠点がなくちゃな。でも、最近はそんなに遊んでないぞ。それに、こっちは秋季ちゃん一筋だ」

「こっち？」

自分で自分の後ろを愛撫《あいぶ》する射手谷をじっと見つめながら、声を上ずらせる秋季の手を、そっと導いてやる。今、まさにクリームが馴染みじわじわと柔らかくなりはじめている後孔へ。

触れた途端、秋季の指先は一瞬震えた。

しかし、誘われるように、射手谷の指を追ってゆっくり中へと入ってくる。

他人の感触に、思わずそこに力が入り、秋季の指先を締めつけてしまう。だが、その拍子に、眼下で秋季の熱を帯びていた肉茎がゆっくりと頭をもたげるのが見えた。

「俺は普段つっこむ側だから、女役するのは秋季ちゃんが初めてだよ。処女奪われちゃったな」

「え、えっ？」

初心《うぶ》な秋季には、初めて、というものが何か特別に思えたらしい。

うろたえる秋季の額にそっとキスをして、射手谷は続けた。

「今後可愛い嫁さんと家庭を築くだろう秋季ちゃんのためのセックス指導だったんだから、俺が突っ込むわけにもいかないだろ？」

「あ、う、あの……ありがとう、ございます……」

真っ赤になった秋季がうつむいた。と同時に、もろに射手谷の後孔に自分の指が差し込まれているのを見てしまったのだろう、また慌てて顔をあげる。

「そんな顔するなよ。いたいけな子を誘惑してる気分になるだろ」

「ば、馬鹿っ、射手谷ってなんでそうなんだよっ」

「ははは」

笑いながら、射手谷は思った。

自分は誘惑されている。秋季の純粋さや一途《いちず》さに。秋季が、射手谷を少しでも意識してくれていることに。

今だけだ。期限つきの恋愛も悪くない。

いろんな言い訳を胸のうちで繰り返し、射手谷はそっと秋季の肉茎に手を伸ばした。

熱く、若い。

「あっ……」

射手谷に負けじと、秋季も指先を蠢《うごめ》かす。

太く固い節が内壁を抉《えぐ》り、押し広げられていく。

秋季の性器に指を絡めると、ひときわそれは脈打った。これが、今から自分の中へ入るのか。

趣味じゃない。それなのに、胸が高鳴る。

くる。


「ん、んっ……」

「すごい、中、ぐにぐにしてる……」

言わなくていい。そう言いかけて、射手谷はやめた。

何もかも、秋季の好きにさせてやりたい。

興奮を隠しもせずに、射手谷の肌に吸いつきながら、射手谷の中を抉る秋季の指先。

熱い、指が吸い込まれる、乳首嚙《か》んだらびくびくした。と、赤裸々に秋季が感動を伝えてくる。

セックスが、こんなに恥ずかしいと思ったのは初めてだ。

「あ、ぅ、秋季ちゃ……電気、消そうか」

「消すのか？　射手谷が、見えなくなっちゃうけど……」

戸惑いながらの不満に、射手谷はついに耐えきれずに懇願した。

「ああ、もういいから挿れてくれ」

「えっ、で、でも……」

「いいから、今すぐ、秋季ちゃんが欲しいんだよっ」

この青年が、自分に夢中になっている。

自分を支配しようとしている。

それがたまらなく心地よくて恥ずかしくて、早く一つになってしまいたい。

夢中になって欲望を追う秋季が、早く見たい。

そのためなら、自分の羞恥《しゅうち》など後回しだ。電気を煌々《こうこう》とつけた部屋で、肉欲に溺《おぼ》れる秋季の気持ちよさそうな姿をたっぷり堪能《たんのう》してやろうではないか。

「くっ……」

ソファーに座ったままだった秋季の体が、一度深く跳ねた。

後孔から指が抜き取られ、代わりにその手は射手谷の腰を摑む。

もう、これ以上ないほど膨らんでいた秋季の肉茎が、腰を落とすだけで入ってくる。

「あんっ、んんっ……ん、は、ぁっ」

思わず、秋季に抱きついた。

深い場所まで秋季の欲望に満たされ、ようやく訪れた痛いほどの快感が脳髄《のうずい》まで駆け上ってくる。

ソファーがひっきりなしに軋《きし》み、テーブルに置いたグラスが音を立てる。

がむしゃらな秋季の腰使いに、最後の理性までとろけていく。

「あ、んっ、いい……秋季ちゃん、いい……っ」

「射手谷っ……」

鎖骨にむしゃぶりついてくる秋季の頭を抱きしめる。

揺さぶられるたびにじんじんと腹の奥深くが痺《しび》れ、ぬかるむ内壁が立てる淫《みだ》らな音が、射手谷の新居に響き渡った。

力任せに上下に揺さぶられていると、ひどく自分が無力な存在に思えてくる。そして、そんな自分を強く抱きしめてくれる秋季に、ますます何もかも投げ出したくなるのだから不思議な心地だ。

自分の中に、そんな本性があるなんて射手谷は秋季に出会うまで知らなかった。

相手を翻弄《ほんろう》し楽しませるセックスではない、ただ熱欲に溺れ激しく貪《むさぼ》られる快感。

「射手谷、射手谷っ……は、ふっ……」

どんどん中が熱くなっていく。

本当に、一つに溶けあっているのではないかとさえ思う。

最初こそ取り繕っていた余裕などすでに欠片《かけら》も残っておらず、ただ射手谷は身悶《みもだ》えた。

とうの昔に熱を帯びていた自身の肉茎が、揺れるたびに秋季の腹に擦《こす》られる。

そして、その痛いほどの刺激に射手谷の中はまたうねる。

自分の中が秋季のものを嬲《なぶ》るたび、締めつけるたび、秋季はそれを責めるように激しさを増した。

「はぅっ、ぅ、ふ、ぁっ、ああっ」

限界が近い。

深く射手谷を穿《うが》ったものが脈打つ。

力任せに射手谷の体は秋季の下腹部に押しつけられる。

イくのか。と、秋季の絶頂に期待した射手谷の唇が、噛みつくように相手の唇に塞《ふさ》がれた。

惚《ほう》けたように開いたままだった唇を割り、口腔に分厚く大きな舌が侵入してくる。

ああ、食べられてしまう。

深い口づけに甘美な錯覚を覚えながら、射手谷は秋季を長い夜へと誘ったのだった。


一階から六階まで吹き抜けのホールに飾られた、巨大なスペイン国旗は圧巻で、思いのほか人目をひいている。

特産品の輸入会社や、銀細工作家の実演コーナーを抜けるとバルコーナーがあり、ワンコインのワインと生ハムのセットなど、気軽なメニューのおかげか、昼間からよく人が入っている。

各ブランドや旅行代理店の担当者と逐一現状確認しつつ、初日からそれなりに賑《にぎ》わっている企画会場内を巡っていた射手谷は、ふいにその人混みの中に予定にはなかった顔を見つけた。

小走りでそちらに向かうと、相手もこちらに気づいたらしく、プラスティックの小さなコップに入ったワインを片手に軽く手をあげてきた。

取り扱っているスペインワインのすべてに試飲をもうけているのだが、そのブースの陰で客ぶって立っていたのは、まさにそのワインの提供主である小津だ。

「休みだから遊びに来ちゃったよ。初日から盛況そうで何より」

「遊びに来たのならたっぷり金を使っていってくれ。瑞穂ちゃんは一緒じゃないのか？」

「瑞穂なら今日は俺の妹と映画だよ。最近俺だけのけものでね……」

「婚約者が家族と仲良くしてくれてるなんて、喜ばしいことじゃないか」

小津の嫌いなホラー映画を、女性陣だけで鑑賞しに行っているらしい瑞穂と小津の家族はうまくいっているようだ。

「お前はお前で、じい様とえらくうまくいったらしいしな……」

溜息をこぼし、小津がバルのブースを振り返った。

予定より広くとれたブースは賑やかな赤と黄色のカウンターなどが設置され、スペイン居酒屋のチェーン店やパエリア専門店、そして小津の会社が扱っている輸入食品をその場で食べることのできる店などが軒を連ねている。

小津がチャンスをくれた小津家重鎮との話はさして時間をとることができなかったが、射手谷の印象はことのほかよかったらしく、プラス・フォーユーへの商品提供を二つ返事で了承してくれたのだ。

どんな魔法使ったのさ、と小津が半ば本気で尋ねてくる。

秋季のぼやきを参考に、いかに若い人にワインを楽しんでもらう機会が少ないか語っただけだ。ワイン愛好家で、販売する側でもある小津の祖父には、若い層の意見は実に興味深い話だったらしい。

もちろん、その話題も、小津の祖父と飲むワインも、目いっぱい楽しんでこその射手谷の話術の魅力だったろうが。

「ふっふっふ、俺の魅力はご老体にも通用するってことだな」

「お前が魅力的なのは認めるけど、たまには痛い目見ればいいのにって思ってしまう」

「見ただろ、お前の代わりに秋季ちゃんに殴られてやったじゃないか」

片頬《かたほお》を鬱血させた射手谷を思い出したのだろう、小津は申しわけなさそうな顔になった。

その小津が、試飲用のコップをスタッフに返しながら不安げに声をひそめる。

「その、瑞穂の兄さんはどんな様子？　お前と楽しく遊んでることだけはわかるんだけど」

「ああ、楽しく遊んでる。ただ直接、瑞穂ちゃんの結婚について話しあったことは、最近はないからどう思ってるかはわからないな」

「そっか。でもよかった、何か趣味とかが見つかるといいんだけど」

結婚を許してもらえるか、まだ闇《やみ》の中だ。

それでも、小津はそんなものはささいなことと言いたげに柔らかく微笑《ほほえ》む。

「お節介だぜ小津」

「わかってるけど、瑞穂のこともあるから、つい秋季くんにも人生もっと楽しんでほしいと思っちゃうんだよな。カラオケ苦手ってのは残念だけど」

「お前、秋季と仲良くなれたら三人でカラオケ行きたいとか夢見てただろ」

小津と瑞穂が熱唱し、秋季が居心地悪そうにタンバリンをたたく。そんなカラオケルームなら是非見てみたいものだ。

と、そんな妄想に二人して笑っていると、ふいに視界の端に気になるものがあって射手谷はそちらを見た。

人混みの中にいながら、妙に一人だけ目についた相手は、やはり川辺《かわべ》だ。

別に、企画初日に様子を見に来ていてもまったく不自然ではないが、そのあとを追うようにもう一人、人影があることに気づいて射手谷は思わず声をあげていた。

「秋季ちゃん！」

突然の呼びかけに身をすくませた秋季が、すぐにこちらに気づく。と、同時に傍らの小津の空気が揺れた。

いつものほほんとしている友人が、珍しくうろたえている。

「いい機会じゃないか。殴られそうなら守ってやるから」

ひそひそとささやく間にも、秋季がちらちらといずこかを気にしながら大股で近づいてきた。

「来てくれたのか、嬉しいよ秋季ちゃん」

喜色満面の笑みに、小津がぎょっとしたように射手谷を見る。はたから見ても、秋季を前にした射手谷の笑顔はいつもの二割増しのようだ。

いっぽう秋季は浮かない顔でうなずいた。

「ああ、せっかくだから、あんたの仕事も見たくて……」

「あんまり楽しそうじゃないな。大丈夫か？」

「うん、射手谷がいないと、こういうところうろうろするのは、まだちょっと落ちつかない。それより射手谷、さっきの人……掃除してるフロアでよく見かけたけど、射手谷と同じ仕事場の人だよな？」

つい、射手谷は笑みを収めて、川辺が去っていった方向を見やった。もう、客たちが楽しそうに群れている以外、顔見知りの姿はどこにもない。

さきほど、川辺を秋季が追っているように見えたのは気のせいではなかったらしい。

「さっきの人って、川辺か？　こう、背が高くて、グレーにストライプのスーツの……」

「そう、いつも朝挨拶《あいさつ》してくれる人。川辺さんて言うのか、さっきそこで喧嘩してたから、気になってさ」

射手谷は、意味はないとわかっているのにまた川辺の去った方向に視線をやってしまった。

川辺が、いつも挨拶している？

この会社は、朝挨拶してくれる人が多いと秋季は仏頂面のまま嬉しそうに言っていたことがあるが、川辺もその一人だったというわけか。少し意外だ。

しかし、それ以上に喧嘩という言葉も意外だった。

気に食わないのだろう射手谷にさえ、嫌がらせはしても事を荒立てたことのない男だが。

「けっこう取り乱してたから、心配で声かけようとしたんだけど、なんて声かけたらいいのかわかんなくてさ」

「おいおい、大丈夫かよあいつ」

まさか、こちらの企画が初日から盛況で、ストレスを覚えているんじゃなかろうな、と射手谷は眉《まゆ》をひそめる。

しかし、今日の秋季はどこか様子がおかしく、輪をかけて妙なことを言い出した。

「なあ射手谷、お前、川辺さんになんか悪いことしてないよな」

「なんだ急に、その冤罪《えんざい》は。された覚えはあってもした覚えはないぞ。強いていうなら、俺が格好よすぎて仕事もデキすぎて、妬《ねた》まれてるってのならありえるな」

冗談めかしていうと、隣で小津が呆《あき》れた溜息をこぼした。しかし、いつもなら同じように呆れるだろう秋季は眉をひそめた。

「だから、こないだ言っただろ、そういうこと言うなって。本当に誰かに恨まれてたらどうすんだよ」

「なんだよ急に。川辺の話じゃなかったのか？」

「あ、う……俺だって、よくわかんないから困ってるんだよ……」

埒《らち》があかない。

これ以上は、あとで茶でも飲みながらゆっくり聞いたほうがいいだろう。なんなら、川辺を呼んできてもいい、とさえ考えながら、射手谷はとりあえずこれ以上小津を放っておけず、話題を変えた。

「秋季ちゃん、なんか困ってるみたいだし、あとでその話はじっくり聞くよ。それより、紹介したい人がいる」

あからさまに、秋季がむすっと不満げに唇を尖《とが》らせた。

しかし、ようやくその場にいるのが射手谷だけではないことに気づいたらしく、その顔を慌てて引き締める。

だが、その引き締まった表情が持続するのも、わずか数秒のことだった。

「こちら、瑞穂ちゃんの交際相手の小津さんだ」

「初めまして。お兄さんのことは瑞穂からよく聞いています。ご挨拶が遅くなって、申しわけありませんでした」

「……えっ？」

川辺の心配も忘れて、射手谷は口元を押さえて笑いをこらえた。

鳩が豆鉄砲を食らう顔というのはまさに今の秋季の顔に違いない。

お得意の眉間《みけん》の皺《しわ》さえ忘れてまん丸に目を見開く顔は、写真にとっておこうかと迷うほどだ。と、余裕をもっていられるのは射手谷一人で、対する小津は巨軀《きょく》で男らしい顔立ちの秋季に穴があくほど見つめられ、今にも後ずさりそうだ。

だが、さすがというべきか、笑顔をなんとか保ったまま小津は握手のための右手を優雅に差し出す。

「秋季ちゃんどうすんの、殴っちゃうの？」

「射手谷！」

ぎょっとした小津と、冤罪で殴った罪悪感のある秋季に、声をそろえて叱《しか》られる。

初顔合わせだが、すでに息ぴったりじゃないか。などと言った日には、もっと叱られるだろうから黙っておくことにした。

「あ、あの、小津さん、俺まだあんたたちの結婚、納得してませんから」

「わかっています。射手谷にも言われましたよ、先に同棲《どうせい》する前に、お兄さんと話をするべきだったたって。大事な妹さんを勝手に連れ出してすみませんでした」

「……瑞穂は、元気にやってますか」

「もちろんです。でもちょっとホームシックですかね。お兄さんに会いたいみたいなんですけど、だいぶ意地を張ってますよ」

秋季がうつむいた。

小津は穏和で真面目な男だ。話をすればその穏やかさはすぐに伝わってくるし、何より射手谷のときと違って、瑞穂以外の誰かとホテルに足を踏み入れているわけでもない。

だから、一発くらい殴りたくても、殴る理由が見つからないのだろう。

秋季の、震える拳《こぶし》がそっと持ち上がり、ゆっくりと小津の手に近づく。拳が開いた。と、同時に、握手するかに思えた秋季の手が、小津の手をはたきおとす。

軽い接触。乾いた音が二人のあいだに鳴った。

「あ、あんたのことなんか嫌いです」

子供のような言い草に、手をはたかれた小津は目を瞠ったが、しばらくして柔和な笑みを浮かべる。

意地の張りかたに、瑞穂の片鱗《へんりん》を見たのだろうか。

そんな小津に、秋季はうつむいたまま続けた。

「でも、あんたは瑞穂のこと、愛してるんですよね？」

「はい、愛してます。幸せにしてやりたいと思ってますよ」

真摯《しんし》な言葉に、秋季を包む空気が揺れているのを射手谷は感じた。

予定外の遭遇に、つい小津を紹介してしまったがやめておいたほうがよかったろうか。

まさか一度の邂逅《かいこう》で秋季が小津を許すとは思っていなかった。しかし、もしこのまま秋季が、小津を認めてしまったら……。

ようやく、射手谷の脳裏に、今日で秋季の相手はお役ごめんとなる可能性が浮かぶ。

やれやれ、すっかり恋愛脳だ。と射手谷は自嘲《じちょう》した。

秋季が小津を受け入れることができるのなら、それこそ喜ばしいことではないか。

射手谷は、少し頭を冷やしたくて、まごつく二人の空気に水をさした。

「二人とも、もし殴りあいするなら外でやってくれよ。話が盛り上がりそうなら、是非その辺のブースで金使っていってくれ。じゃ、俺はほかの担当に顔出してくるから」

「え、ちょ、ちょっと待てよ射手谷……」

「大丈夫、一周したら戻ってくるよ」

うろたえる秋季に背を向け、射手谷は歩き出す。

小津が、秋季に何か話しかけるのが聞こえた。秋季がまごつきながら答えている。

一歩、足を踏み出すたびに声は遠ざかり、射手谷は振り返る勇気のないまま人の波を抜けていく。

振り返れば、意気投合してすっかりわかりあえた二人がいるかもしれない。そう思うと、胸がざわついてしかたない。

そういえば、まだ学生の頃、顔をあわせるたびに、こんなふうにらしくもなくネガティブなことを考えては心も思考も乱れる男がいた。あれは恋だったのだろうか。

生憎《あいにく》、自分の性指向を知ったのは大人になってからだから答えはわからないままだが、どちらにせよ恋だ愛だというものは、面倒なくせに甘く切ない。

小津の、瑞穂を愛しているという言葉は、秋季にどんなふうに響いただろうか。

ふと気になり、ようやく射手谷は足を止めて振り返った。といっても、すでにいくつも角を曲がり、別のブースに来てしまったせいでどうせ彼らの姿を見ることはかなわないが。

その代わりのように、意外な男の顔が目の前に現れ、射手谷はあっと声をあげた。

「あれ、キョウじゃないか、奇遇だな」

「やっぱり、射手谷さんかと思って追いかけてたとこなんだよ。ほら、俺の言ったとおりだろ」

背後にいたのは、キョウだった。

連れがいるらしく、隣の男を肘《ひじ》でつつきながらいつもの艶《あで》やかな笑みを浮かべる青年に、射手谷も微笑みかける。

「そちらは?」

「新しい彼氏ー。射手谷さんの話聞いてたら、俺も体格のいい男とつきあいたくなっちゃってさ」

「相変わらず軽いなあ。あ、どうも」

射手谷が軽く会釈すると、肩幅以外は秋季と似ても似つかない男が笑って会釈を返してきた。なるほどキョウにはお似合いの、軽そうな男だ。

「ねえねえ、射手谷さんも遊びに来てんの? なんならこいつと三人で遊ばない? そろそろ、最近断りばっかりだった埋めあわせしてくれたっていいでしょ」

「あ、いいね。俺賛成っすよ、どうです射手谷さん」

二人には「関係者」という腕章は見えないらしい。

しかし、あえてここの社員だと言うのも気が進まず、射手谷は首を横に振って肩をすくめるにとどめた。

そっけない返事に、キョウが可愛らしく唇を尖らせる。

「ノリ悪ー。あ、だったら、最近いつも一緒だって子も、誘っていいからさ、ね？」

「やなこった。キョウ、俺が言うのもなんだけど、あんまり奔放すぎちゃあ、本命に捨てられちゃわないか？」

遊び男も、本命の話だと惚気《のろけ》もする。

ベッドでよく聞かされた本命話を思い出し、そう釘を刺すが、にやりと笑ってキョウは射手谷にしなだれかかるばかりだ。

自分に自信のある男というのは恐ろしい。と、自分のことを棚にあげて射手谷は苦笑する。

「大丈夫だよ。毎晩愛してるって電話してあげてるし」

「ほう、意外と情熱的だな。その愛に価値があるのかは疑問だが」

「もう、意地悪なんだから。あ、射手谷さん何そのタイピン、新しいやつだね」

めざといなお前、と新しい「お友だち」とやらが呆れかえり、射手谷も同意する。

だが、キョウが人のファッションにうるさいのはいつものこと、とぼんやりしていたのがいけなかった。するりと、キョウの白い指先が自分の襟《えり》にふれ、ネクタイピンを抜き去るまであっと言う間の出来事。

驚いて、射手谷はキョウに手をのばした。

「こら、返しなさい」

「トカゲのタイピンだ、可愛いね。人質にはぴったりだ」

「おい、穏やかじゃないな」

タイピンを後ろ手にまわし、ぴたりとより添われ、射手谷はさすがに人目を意識した。

歓楽街でふらついているならともかく、職場で見られたい姿ではない。

「大丈夫。俺と射手谷さんなら、やけにお兄ちゃんに懐いてる子って設定で通るから～」

お兄ちゃん。という甘えた束縛の響きに、怖気《おぞけ》が走った。

強張《こわば》りそうな顔を懸命に緩めながら、射手谷はキョウの連れを軽く睨む。

「呑気だな。おいあんた、今からお楽しみなんだろ、眉しかめて見てるくらいなら引き取ってくれよ」

「ああ、悪い。それにしてもキョウ、さっきからお前噂《うわさ》通りのビッチぶりだな」

「ふふふー、褒められちゃった」

まずい。

完全に悪戯《いたずら》のスイッチが入ったキョウの表情に、射手谷は珍しく焦りを覚えた。

ほかのネクタイピンなら、「使う？」なんて軽口を返せるが、秋季から貰《もら》ったそれは射手谷にとって特別なものだ。

かといって、職場でゲイ仲間と言い争うわけにもいかず、そっとキョウの手首を掴もうとしたそのときだった。

「射手谷っ！」

声が、人ごみを割る。

秋季がいた。射手谷を探しまわっていたのか、息をはずませ、額に浮いた汗を拭《ぬぐ》いもせずに近寄ってくる。いつものように眉をしかめた顔つきに、慣れたはずなのに射手谷はどうしてか彼の感情を読み取ることができなかった。

そうやって秋季に気を取られている隙に、あっけらかんとキョウが背を向ける。

「あ、おい、キョウ！」

「ごっめん、本当にあの人いると思わなかった。俺まで殴られちゃ怖いから、退散するね」

「そうじゃなくて、それ返せって」

「今度二人で飲も。そのとき返してあげる」

さすがに睨むと、キョウが目を瞠る。

だが、それ以上キョウに追いすがることはできなかった。

キョウはビルの奥へ逃げようとする。

そして、射手谷の体はその反対へ、秋季の手によって強く引かれたのだ。

誰と思う余地もない。射手谷の腕をはっしと摑んだ秋季が、キョウから引き離すようにして、フロアの隅へと歩き始めた。

咄嗟《とっさ》に対応できずもたつく間に、ネクタイピンは遠ざかっていく。

「おい秋季ちゃ……っ」

「あれ、射手谷主任どうしたんです?」

「あ、いや、別に問題ない」

キョウに大声をあげるわけにもいかず、かといって秋季を止めようとすればタイミング悪く店舗スタッフに声をかけられる。そのまま、数人の職場仲間に不思議そうに見つめられながら、射手谷は抵抗らしい抵抗もできずに秋季に連れられ一階の従業員用出入り口まで来てしまった。

奥まったスペースには店内の喧噪《けんそう》がくぐもって聞こえてくるばかりで、人気は少ない。

このスペースの奥に外部につながる出口があり、秋季は普段そこを使って出勤しているのだろう。ここへ来るまでの足取りに迷いがなかった。

ようやく秋季の手を振りほどき、射手谷は睨みあげそうになってはたと気づいた。

自分の失態でキョウにネクタイピンを盗《と》られてしまったのに、何も知らない秋季を睨むのはお門違いだ。と思いなおしたところで、当の秋季もまた射手谷を睨みつけながら何か言いづらそうにしていることに気づく。

そもそも、どうして何も言わず強引に、こんな場所まで連れてきたのか。

「秋季ちゃん、今のは……フェアじゃない、仕事相手との大事な話だったらどうしてくれたんだ」

「わ、悪かった……ただ、俺は……」

「小津はどうした。揉《も》めたのか？　まさか、殴ってないだろうな」

何か小津と争ったのならば、キョウと呑気に不毛なやりとりをしている余裕はなかっただろう。フロアがざわつき、誰かが自分を呼びに来たはずだ。

そうあたりはつけていたが、その名前を聞いて秋季の表情が揺らいだ。

ただ、幸せに塗《まみ》れて生きて欲しいと思った男の、辛そうな、そして苦しそうな表情に、射手谷は息を飲む。

「小津さん、瑞穂のこと愛してるって言ってた」

「あ、ああ……そうだぞ、言っちゃなんだがあいつらは馬鹿ップルだぞ」

「あんた言っただろ。恋愛は素晴らしいって。瑞穂は、恋してるから今幸せなんだって」

少し、早口で秋季は言い募る。

今にも泣きだしそうなその様子に、射手谷はおろおろと彼に触れようとしたが、触れればはじけて消えてしまいそうな不安を覚えて、手を止めた。行き場のない指先が、宙で震えている。

「じゃあ、俺はなんでこんなに辛いんだよ」

「秋季ちゃん?」

「毎日あんたのこと考えてる。寝ても覚めても、いずれあんたは俺を誘ってくれなくなるんだとか、これが最後の遊びの日かもしれないとかっ」

秋季の、辛そうな姿に胸が引き裂かれそうなのに、耳朶《じだ》を震わせる言葉は心地良い。気のせいだろうか。お得意のうぬぼれだろうか。

ざわつく射手谷の胸に、秋季はいくつも小石を投げ入れさざ波を立てるように言葉を紡いでゆく。

「あんたと一緒にいると、同じようにほかの人にも優しいんだろうと思って辛い。あんたを思うと、自分が自分じゃないみたいで怖い。毎日胸が苦しいんだよ!」

掠《かす》れた悲鳴は、幸い誰にも聞かれずに済んだようだ。

喧噪は相変わらず遠く、秋季の声音も勢いに反してそう大きくはない。

だが射手谷は、もう一度同じ台詞を、はっきりと告げてほしいと、そんな欲望が頭をよぎっていた。

秋季の苦しみの理由がなんであるか、わからないほど射手谷は子供ではない。

立ちすくむ射手谷の腕を、秋季が縋《すが》るように摑んだ。

指が食いこむ。

昔瑞穂の手をとって家を出たのだろう手。毎日働き、こんにゃくを煮て、掃除ばかりしていた手。

大事な妹が二股をかけられている。そう勘違いして射手谷を殴った手。

この、節くれだち武骨なばかりの手に、自分の手を添えてやりたい。優しく包みこんでやりたい。

その衝動を、射手谷は必死で押し殺していた。

射手谷の腕を握りつぶさんばかりに摑みながら、秋季が喉《のど》をひくつかせた。

「射手谷、駄目だ、やっぱり許せない」

「…………」

「こんなに、恋や愛が苦しくて怖いものなら、俺は瑞穂を嫁になんてやれない……、あいつの幸せを、祝ってやれないっ」

叫ぶと同時に、秋季はいっそう苦しげに顔をゆがめると、射手谷の腕を離し駆けだした。

足音も荒く、人目も気にせず一直線に従業員用の出口へと逃げてゆく。

唐突に強い力から解放された射手谷がふらつくのを、振り返ることもなく。

その背中を射手谷は一歩たりとも追えなかった。

それどころか、痛む腕をさすることすらできず、呆然《ぼうぜん》とその場に留《とど》まり続ける。

秋季の苦悩が、恋を怖いと言うその言葉が、体中を駆け巡り、射手谷を打ちのめす。

「ばっか……野郎っ」

ようやく絞り出せたのは、自分自身への罵倒《ばとう》の言葉だった。


吹き抜けの天井から、スペインの国旗が垂れている。あと、数分で撤去の予定だが、それを眺めながら射手谷は手にしたワインを舐めた。

一時は情報流出でどうなるかと思われた射手谷の企画は、予想以上の盛況に終わった。

ゆっくりできるスペースや見ごたえのある展示のおかげか、リピーターが多かったのが勝因か。肝心の角丸デパートと、うまく被《かぶ》らなかったのも功を奏したのだろう。

そして、明日から十二月。

毎年川辺が担当するクリスマスフェアの準備が、始まっている。

成功を祝してみんなで乾杯したワインは美味しかった。

小津が、わざわざ射手谷たちのために差し入れてくれた、なかなかの代物だ。

小津の会社のワインの売れ行きは上々だった。試飲コーナーに常に人は集まり、普段はワインを買わないという客も、気に入った味のものを買っていってくれたという。

おかげで、小津家の覚えもめでたい。また、機会があれば企画を受け入れてもらいやすくなるだろう。

スタッフらが声をかけあい、スペイン国旗をとり外す様を見つめながら、射手谷は口の端で笑った。

お前のアドバイスに助けられた。と秋季に伝えることができればどんなにいいか。

もうじき、いつものビル清掃員が戻ってくるらしい。

秋季がこのビルに顔を出すのもあとわずか。未だに携帯電話を持っていない秋季への連絡方法は、秋季の告白など忘れた顔をして直接彼の家まで行くか、彼の職場に顔を出すしかなくなってしまう。

だが、射手谷は日課だった早朝出勤も、清掃員への挨拶も辞めてしまった。あのリカーショップにも、二度と行かないと心に決めている。

秋季には、もう会わないほうがいいのだ。

どうして自分は一線を越えてしまったのだろう。あの日、キスをしたりしなければ、ホテルに誘ったりしなければ、秋季を惑わすことなどなかったかもしれないのに。

秋季が、恋をしている。

怖いほどの恋を。

ゲイでもない、女嫌いでもないのに、射手谷のせいで男に恋をしてしまった。

秋季といると楽しかった。何もかもを警戒して棘《とげ》を立てるハリネズミのように思えて、そんな彼がいちいち拗ねたり怒ったり、そしてそろそろと初めてのものに挑戦したりする姿が可愛くて仕方がなかった。

妹思いで、不器用者。

苦難の人生を、自棄《やけ》も起こさず文句も言わず、一生懸命生きてきた男だ。

もう、十分に苦労しただろうから、あとは幸せなばかりの人生であってほしいと、そう願ったのに、いつしか射手谷は自分の恋心に溺れて、正常な判断がつかなくなっていた。

秋季には、幸せになって欲しい。

可愛い女の子と出会って、あたふたしながらデートをしたりプロポーズをしたりして、そして、華やかな結婚式を、妹夫婦に見守られながら迎える。子供が生まれたり、自分の家を持つことができれば、きっと悲惨だった子供時代の家族の記憶を、幸せな家庭の記憶で埋めていくことができるだろう。

だから、秋季に会ってはいけない。

これ以上、彼の初恋を刺激してはいけない。

自分みたいな、永遠を誓えるわけでもない男相手に、不毛な遊びを一生させるわけにはいかない。

そう、いつものように思い立ったところで、射手谷は唇を噛んでいた。

どうしてか、秋季の幸せを思うとき、妹の結婚式が脳裏に浮かぶのだ。そして、ズルイ、という言葉が胸に湧く。

わけもなく、己の胸元をかきむしる。

キョウにとられたネクタイピンは、忙しさもあって取り返せていないままだ。だが、あのネクタイピンが手元に戻れば、それこそ秋季との思い出が体中を這い占領しやしないだろうか。

そうだ、怖い。

恋は、恐ろしいものだ。早く、忘れてしまいたい……。

ふと、視線を感じ顔をあげると、川辺が携帯電話を片手にこちらを見つめていた。

クリスマスの準備で忙しかったのだろう、いつもより青白い顔。白くて愛らしいトナカイのオブジェに囲まれているが、実に似合わない姿だ。

軽く、ワイングラスをかかげてやると、川辺の表情が微かにゆがむ。

そういえば、秋季が川辺の話をしていたことを思い出す。あれからというもの、射手谷は仕事に逃げるか秋季のことを悶々《もんもん》と考えるかの繰り返しの日々で、すっかり忘れていたのだ。

と、それを思い出すと同時に、射手谷は違和感を覚えた。何か、秋季はもっと気になることを言っていたような気がする。

しかし、その思考はすぐにメールの着信音に阻害された。

キョウだ。

顔文字と冗談をたっぷり詰めこんだ長いメールは、要約すれば「ネクタイピン返してあげる」という、飲みのお誘いだ。

しかも、年末で多忙だというのに、見事に空きのある日時を指定されてしまい、いっそ断るのも面倒で射手谷はすぐに返事をしたためた。

送信ボタンを押す。

キョウは悪ふざけは過ぎるものの、人のものを盗んだり壊したりする男ではない。きっと無事にあのネクタイピンは返ってくるだろう。それを、受け取る勇気はあるだろうか。

携帯電話を閉じ、ワインを一気に呷《あお》る。

どこかで、誰かの着信音がまた鳴っている。忙しい夜になりそうだ。


キョウと、数度来たことがあるだけのバーは、記憶が確かならもっと賑やかで、少し軽薄な雰囲気だった。しかし、目の前の扉のすりガラスからは、薄暗い雰囲気しか感じられない。

店の看板からすると、今日は定休日のはずだ。

しかし、クローズの札はかかっておらず、数分前来たメールには「もう先に入ってるよ」という内容。

定休日、と称して常連を相手にパーティーでもしているのかもしれない。

もしそうなら、久しぶりにふしだらな遊びもいいかもしれないな。秋季のことをふっ切りたいばかりに、射手谷は強がるようにそんなことを考え、店の扉をそっと押した。

タバコの匂いの染みついた店内に足を踏み入れる。

入ってすぐの角を曲がり、三段だけある階段を降りると、ソファー席が六つ、左手には四人がけのカウンター。

店内の灯《あか》りは間接照明だけで、以前来たときより落ちついた雰囲気だ。いや、もっと言えば、準備中の雰囲気。

だが、その雰囲気よりも射手谷を驚かせる光景が、そこにはあった。

「十三分の遅刻だ。来ないかと思った」

「……川辺」

カウンターのスツールに腰掛け、足を組んだ川辺がこちらをじっと見つめている。

思いもよらない状況に、射手谷はどんな台詞も浮かばなかった。

二歩、三歩と足を進めると、川辺も立ちあがる。

一瞬、視線を泳がせた川辺が、無言で射手谷に近くのソファー席をすすめた。コの字に配置された、一番広いスペースに、テーブルを挟んでそれぞれ向かいあわせで座ると気まずい距離感になる。

柔らかなソファーに身を沈め、まず川辺の動向を見定めようと黙って腕を組むと、相手はけだるげな仕草で手にしていた携帯電話をテーブルに置いた。見覚えのあるキャラクターもののストラップが硬質な音を立てる。

「キョウから遊び用の携帯電話をとりあげて一週間だ。あいつは、未だに俺がそのうち機嫌を直して、自分から返しにくると思っている。お前やキョウみたいな男のああいう自信は、どこから湧いてくるんだ？」

射手谷は、聞き慣れた名前に驚きもせず、胸に溜《た》まっていた息を吐きだした。

今、川辺が置いた携帯電話のストラップを見て気づいたのだ。キョウのものと同じだと。

先週、川辺が射手谷を見ながら携帯電話をいじっていたことも思い出す。

何度も何度も刺すように見つめられ、すっかり仕事に関する鬱屈だと思い込んでいた自分の甘さに、射手谷は少し笑いながら返した。

「日々の鍛錬のたまものだと思ってくれ。お前みたいに、常に仏頂面で、人の仕事をライバルにリークして、人の携帯電話を持ち出すような神経じゃわかんないだろうけどね」

良心がないのか、それとももう罪悪感を覚えることに疲れたのか、川辺は射手谷の嫌味に特別な感情を返しはしなかった。

「川辺、お前はノンケだと思ってたんだけど」

「二年前、このあたりでキョウと二人で飲んでいたら、あいつはいつものように店で見かけた男を、一度寝てみたいと言って声をかけにいった。あのときから、俺はお前が同類だと知ってたよ」

ちりちりと、射手谷の神経をくすぶるものがある。

キョウに初めて声をかけられた夜、射手谷はノリのよいキョウに共感してそのまま遊びにいった。つまり、あの日川辺は置いてけぼりをくらったことになる。

川辺が自分を嫌っている理由がはっきりとわかったが、わかってしまえばあっけないものだ。

相手を逆撫でするとわかっていながら、射手谷はせせら笑うように言葉を吐いた。

「もったいない、置いてかれるくらいなら、一緒にくればよかったのに」

「一度、少しはあいつにあわせようかと思ってついていって、ひどい目にあった。それに、職場の……それも毎日同じフロアで顔あわせる奴にばれるなんて、そんな勇気は未だに俺はない」

嫌悪に満ちた表情で川辺は吐き捨てた。

「未だにないなら、どうして今日俺を呼び出した」

何かが引っかかる。

軽口をたたいても、キョウとの親密さをアピールしても、川辺は激昂《げっこう》を見せない。その川辺が、軽く身を乗り出すとテーブルのまんなかに銀色に輝くネクタイピンを置いた。

トカゲの、秋季からもらったネクタイピン。

「あんなに慌てるお前を見るのは初めてだ。ずいぶん、大事なものなんだな」

「ああ、助かった、キョウにしては悪ふざけがすぎる。お前、あいつの『本命』なら少し叱っておいてくれよ」

指先が震えるのを懸命に抑えながら、射手谷は大切なネクタイピンを手にとった。

無事だ。傷一つついていないが、他人の指曇りがついていると思うとそれさえも気に食わない。

あとで拭《ふ》こう、と思うと同時に、射手谷の中でようやく今まで抱いていた疑問が整然とつながった。

川辺は見ていたのだ、あの日。キョウが射手谷のネクタイピンをとるのを。秋季の言う「喧嘩をしていた」という相手も、おそらくキョウだ。

あの遊び人仲間は、射手谷と同様セックスフレンドと喧嘩なんてしない。するならば「向こうは俺にぞっこん」などとのたまいながら、キョウ自身もぞっこんらしい本命相手にだけだろう。

射手谷は「本命」という言葉にようやく表情を変えた川辺ににやりと笑ってみせた。

川辺の眉間に皺二本。

気に食わないが、最後に見た秋季の辛そうな表情に似ていなくもない。

射手谷がキョウと同類であるように、川辺は秋季と同じタイプの人間なのだろう。一途で、融通がきかない。しかし、秋季は鬱屈に溺れはしない。

「お前みたいな真面目な男に、キョウみたいな遊び人は重荷だろ。喧嘩するくらいなら、別れたらどうなんだ川辺。お前ならすぐに次が見つかるさ」

「……人の仕事場にまで、新しいセフレを紹介しにくる。その神経が嫌で、別れてくれと言ったら喧嘩になったんだ。俺がとりすがっているような言い方はよせ」

「とりすがってるじゃないか。少なくとも、キョウの挑発に心が揺れている。別れてくれと言えば、キョウが心を入れ替えてくれるかもと、少しは期待してたんだろ」

我ながら痛烈だと思ったが、しかしわだかまる怒りを抑えるのもばかばかしい。

痴話喧嘩で、川辺ともあろう男が仕事の情報を余所《よそ》へ流したのだと思うと、腹立たしいのだ。が、同時に脳裏に秋季の声が渦巻く。人に恨まれそうなことはほどほどにしておけなんて、実に今の自分にふさわしい言葉だ。

川辺の醜い嫉妬《しっと》に怒りを覚える反面、申しわけなさも感じている。

「射手谷、すまない」

だが、先に川辺のほうが何故《なぜ》か詫《わ》びの言葉を口にした。

何故か、謝罪の言葉が不穏な文言に思えて、射手谷はネクタイピンを大事に内ポケットに仕舞いながら川辺を見つめた。

同じ台詞を、前にも聞いた記憶がある。

「おい、大丈夫か川辺。お前、相当疲れてるぞ」

川辺がうなずいた。

大丈夫だという意味なのか、それとも……。

それ以上、射手谷は考えることができなかった。

やおら肩を摑まれる感触。驚くより先に、背後から勢いよく体がテーブルに倒され、押さえつけられていた。

「お、おいっ？」

肩を、背中を押さえつけられ、息が詰まる。

その手の数に、背後にいるのは一人ではない、と気づくと同時に笑い声が降ってきた。

「大丈夫か、だってよ。相変わらず余裕じゃねえか射手谷」

聞き覚えのある声。

射手谷の手が、もがくようにテーブルの上をすべる。

しかし、一人だけが相手なら容易にはねのけられただろうが、背中を押さえつける力は思いのほか強く、重たい。

視線だけ動かし、射手谷は川辺を睨んだ。

「川辺、どういうつもりだっ！」

「仕事に迷惑をかけるのはやめろ、と言われて目が覚めたんだ。せいぜい、靴を噴水に捨てるとか、お前のコーヒーに異物を混ぜるとかあとは……そいつらの誘いに乗るとか、その程度にしておこうと思ってな」

「誘いって、なんの……っ」

川辺が答えるより先に、射手谷は息を飲んだ。

背後にいる誰か一人の手が、射手谷の腰にまわされたかと思うと、ベルトをはずそうとするのを感じた。やすやすと、前をくつろげられ、まさか、と冷や汗が頰をつたう。

「おい川辺、冗談はよせ」

「悩みどころだな。悪趣味だとは思ったが、お前の間抜け面が拝めるのかと思うと悪い気はしない」

「そんなもん会社でいくらでも拝ませてやるよ。っていうかお前らもいい加減離せ！」

ベルトは容易に抜き取られ、すぐにスラックスのジッパーまで下ろされる。その音を聞きながら総毛立つ射手谷の背に、数人の男の笑い声が絶えず降ってきた。

「往生際悪いぜ射手谷、松野とトシ両天秤《りょうてんびん》にかけときながら、やっかまれないはずねえだろ」

「誰だお前っていうか、松野とトシ……両天秤も何も、どっちもパーティーで気があっただけだぞ。ベッドインはついでだ、ついで！」

「お前反省してねえだろ！」

「大人同士が合意の上でナンパしあっただけで何を反省しろってんだバカ！　あ、お前結城《ゆうき》だろ、トシに弄ばれた可哀そうな結城！」

「うっせえよ！　ちくしょう、お前ちょっとモテるからって調子乗ってんだろ！」

そもそも射手谷は、本気で交際したい、という一途な男は相手にしない。ゆえに、キョウにしろ松野だトシだアオイだ松村だ……とにかく、大勢の「遊び相手」たちもまた、射手谷を含めお楽しみ相手なんて何人もいる青年がほとんどだ。

にもかかわらず、自分だけ恨まれるというのも気に食わない。

と、背後の男たち全員誰だか当ててやろうかと勢い込んだ射手谷の耳に、呆れた声が届く。

「男の嫉妬は醜いもんだな」

「川辺、お前の言えた台詞かそれは！　うわっ、ちょっとまて、タンマ！」

スラックスが膝まで落ちた。

嫉妬に燃える男たちの眼下に自分のまぬけな姿がさらされているのだと思うと、この上ない屈辱だ。

ぐっと、テーブルに手をついて身を起こそうとすると、新たな人影が視界に現れる。

目の前の川辺の隣にその男は腰掛けると、もがく射手谷の両手を摑んだ。はっとなって見ると、にやにやと笑っている顔馴染み。

以前、秋季と二人でいるときにすれ違ったゲイ仲間だ。

「おい、勘弁しろよ、お前もか」

「いや、俺は嫉妬っていうか、普段スマートになんでもこなしてるお前がどんな顔して喘《あえ》ぐのかなと思ってさ」

「助けてくれたら、二人きりで見せてあげないこともないけど？」

「口がうまいな。似たようなこと言って勘違い男撒いたことあるらしいじゃねえか」

たまらず、射手谷は舌打ちする。

このバーに今、射手谷を逃がしてやろうという気のある男は皆無というわけか。

「おい川辺、保身の意味もこめて密告してやるが、お前の隣にいる奴もキョウのキープだぞ」

「知ってる。とりあえず俺が嫌いなのはお前なんだよ射手谷」

「だってさ。残念だったな射手谷」

目の前の顔馴染みが、射手谷の両手首を後ろ手に一つにまとめると、どこからともなく取り出した玩具《おもちゃ》の手錠で拘束する。その準備の良さに、射手谷の顔が引きつった。

スラックスが足から抜き取られる。そしてそのまま、下着も脱がされてしまった。

興味の欠片もない男らの手が、太ももを這う。

たまらず蹴《け》りあげるが、近くのソファーに足があたるだけに終わった。

背後の男たちのせせら笑う声が聞こえてくる。

「人間、慎ましく生きるのが一番だぜ射手谷」

「ああ、お前さんらのおかげで、今ちょっと身につまされてるよ。もっとも、慎ましく生きてたんだろう川辺の今の落ちぶれっぷりを見ると哀れなもんだがな」

泣き言の一つも聞きたかったのだろう背後の男たちが、射手谷の憎まれ口に苛立《いらだ》つのを感じる。と同時に尻を叩かれた。

一方、哀れとまで言われた川辺は、顔色一つ変えずソファーから降りた。そして膝立ちになってゆっくりと射手谷に顔を近づける。

繊細な指先に顎《あご》を摑まれた。

間近に迫った同僚の顔立ちは整っていて、かすかに整髪料の香りがした。あ、と思ったときには唇と唇が触れあっていた。

今まで遊びの入り口でしかなかったキスという行為に、初めて射手谷は嫌悪を覚える。くそ、と射手谷は自分自身を胸のうちで罵《ののし》っていた。

今、誰か助けにきてくれないか、と考えている自分がいる。

嫌悪と屈辱感に揺れる脳裏に、ときおり秋季の姿が現れるのだ。こんなところ見られたくはないし、危ないことに巻き込みたくなどないのに、追いつめられた心はどこまでも身勝手で胸が苦しい。

「ん、ぅ……っ」

ぬるい舌に、歯列をなぞられる。

ぞくりと、慣れた快感が反射的に背筋を這う。

嫌悪感などおかまいなしに愉悦を追う肉体が恨めしい。

「んっ……」

冷たいものが、背中に、尻にこぼれるのを感じた。すぐそのあとを誰かの手が触れてきて、ローションか何かだろうと知れる。

冗談じゃない、と思うものの、しっかり腰を摑まれたままでは尻を振ることさえできず、射手谷の下肢はねっとりとした愛撫を受け入れるはめになる。

「ふ、……ぁっ」

川辺の接吻《せっぷん》は嫌がらせか、または、キョウの余韻を追っているのか。

一途に思っている相手が、ほかの男とキスしているなんて、どんな心地だろう。射手谷は初めてそんなことを思う。

もし、秋季が本当に、自分の願いどおり素敵な女性と出会い、射手谷に教えられたとおりキスをして、その先を……と思うだけで、胸が苦しくてたまらない。

自分も、いずれ秋季の傍らに誰か立っているのを見て、川辺と同じところにまで落ちてしまうのだろうか。

絡められた舌をなぞり、逆にこちらから川辺の口腔をさぐると、視界の端で川辺の肩が震えた。

そんな川辺の反応に、顔馴染みの男が笑う。

「お、イイ感じじゃん。どうよ川辺、射手谷のちゅーは」

「……不味《まず》い」

ようやく川辺は射手谷の唇を解放すると、心底煩わしそうな顔をしてそう呟《つぶや》いた。

何か、文句の一つも言ってやりたいが、舌を動かすだけで、川辺の接吻を逐一思い出すかのようで気分が悪い。その代わり、じっと睨みつけると、川辺は神経質そうな指先でそっと射手谷の唇をぬぐってくれた。

まるで施しのような仕草がいやらしい。

否応なく、自分が今淫らな宴の中にいることを思い知らされる。

空気が、熱く淀《よど》んでいる。

「ふん、やりチンのお前が、ネコ専になるまで可愛がってやるよ」

「このっ……」

強く摑まれたままだった腰に、さらに力が入ったかと思うと、射手谷の体はテーブルの上でひっくり返されてしまった。したたかに肩を打ちつけ、視界があっと言う間に開ける。

「やっぱ、せっかくやるならこいつの余裕ぶったツラが泣くとこ拝んでやらねえとな」

「誰が泣くか、馬鹿野郎」

店内の間接照明に浮かび上がるのは、三人の人影。川辺と顔馴染みを入れれば計五人が、射手谷を陥れようと画策していたことになる。

大層憎まれたものだ。

「なんだってんだ。お前ら全員、入れこんでる男に、射手谷と違って格好悪いとか射手谷と違ってセックス下手だとか射手谷と違ってデート内容がダサいとか言われて勝手に嫉妬してる口？」

「すっげえムカつくけどその通りだよ！　ったく、この状況で大したタマだなあんた」

男の一人が手にしていたボトルの中身の残りを射手谷にぶちまける。

きらきらと、光りながら糸をひくそれが股間《こかん》を、ワイシャツを濡《ぬ》らし、伝う感触に嫌でも身はすくむ。

別の男が、その光景に下卑た笑みを浮かべると、乱暴な手つきで射手谷の襟に手をかけ、シャツを引き裂いた。ボタンが弾《はじ》け飛び、胸元が露《あら》わになる。

その、糸の千切れる音が男たちにとって何かの引き金になったのか、一斉に彼らの手指が射手谷に襲いかかった。

「う、わっ……」

濡れた肌を撫でまわされ、乳首を摘《つま》まれる。陰茎を直接握られ、奥の窄《すぼ》まりには躊躇《ちゅうちょ》なく指が這う。

男の体の扱いに慣れた連中の狙《ねら》いは悔しいことに的確で、それがまたおぞましい。

「お、さっそく感じてる？　せっかくなんだから楽しめよ射手谷、お前も気持ちいいこと好きだろ？」

顔馴染みの男に笑われ、射手谷は唇を噛んだ。

盛り上がる中、川辺だけがもう射手谷に興味がないような顔をして酒を飲んでいる。

おい、と呼びかけるが、返事もしてくれない。

「あ、ぅ……くそっ、お前ら、いい加減に……っ」

指が、入ってくる。

抗議の声をあげたい。もう少し、余裕ぶって見せたい。

しかし、唇を開けばあらぬ声が漏れてしまいそうで、射手谷は唇を噛んだ。

快楽に慣れた体は、おぞましいと思っている射手谷の心など簡単に無視してしまう。

緩急をつけた雄芯への愛撫、容赦のない胸の突起への刺激。

唇を噛んで声を押し殺しても、体が震えることまでは隠せず、男たちの手指はただただ執《しつ》拗《よう》になっていく。

後孔に挿れられた誰かの指が、射手谷の中にローションをなすりつけるように蠢いた。

節くれだった指先の感触に、ソファーとテーブルの間に挟むように押さえつけられた足がときおり跳ねる。

「おい、もっと乳首いじってやれよ、中すげえうねってるぜ」

「マジかよ。なんだ射手谷、普段格好つけてるくせに、けっこうこっち好きなわけ？」

うるさい、と言おうとした。

だが、口を開くと同時に男の顔が一つ、射手谷の胸に近づいてきた。あ、と思ったときには、分厚い舌がさんざん摘まれた突起を包み込む。

「あっ、ぅ……」

無自覚に背がしなる。

自分でも、自分の内壁が誰かの指をきつく咥《くわ》えこむのが嫌というほどわかった。

秋季だけに暴かれ、秋季だけに許した性感帯を弄ばれ、そのくせ感じていることがこんなにも屈辱なのに、その屈辱に煽《あお》られるように、体の隅々まで快感が行きわたる。

視界に、男たちの股間が盛り上がっているのが見える。

ちくしょう、と思うのに、その光景に思わず唾《つば》を飲み込む自分もいる。

このまま蹂躙《じゅうりん》され、こんな連中の欲望に絶頂を迎えさせられたりしたら、自分はどうなってしまうのだろう。

そんな自分を、秋季はどう思うだろう。

秋季のことが脳裏に浮かぶだけで、触れられる場所がいっそう熱くなる。

そして、ついに男の指が触れて欲しくない場所に達した。

「う、くっ……」

「おっ！　きたきた！」

誰が見ても、射手谷の反応は顕著だったのだろう。

悶える姿に、三人の男がどよめき、顔馴染みは面白そうに射手谷の顔色を眺めていた。

だが、身構えた射手谷の中から、するりと男の指が抜けていく。

まさか、少しいいところを見つけたからって、そのまますぐに突っ込むわけじゃなかろうな。と、青くなって男たちをそれぞれ見やったときだった。

侵入物を失い、安堵している後孔の窄まりに、何か冷たく固いものが触れた。

「え……っ？　あ、おい、何を……ん、ぁっ？」

答えが返ってくるより先に、それは容易に射手谷の中へと侵入してきた。

細かな固い粒のようなものが、嬲られた粘膜をいたぶり、射手谷の体がまた跳ねる。

「お、い、冗談……やめっ……」

「もしかしたら、遊びまくってるくせにこっちはバージンかもしんねえから、細いバイブで慣らしてからにしようって用意してきたんだよ。優しいだろ？」

「馬鹿、やろ……っ、は、ぁうっ」

どんな形状かは知らないが、さぞやいびつな形をしているのだろうそのローターは、射手谷の中を容赦なく責めてくる。

細かな凹凸が震える内壁をなぶり、湾曲しているのだろう先端が、指などとは比べ物にならない強さで感じる一点を抉ってくる。

見られている、とわかっているのに、下肢が震えるのを止められない。唇から、漏らしたくない声ばかり漏れる。瞳に涙の膜がはり、こちらを見る男たちの顔がゆがんだ。

来る。

秋季にされて初めて知った、後ろでの絶頂が。

耳朶に触れる卑猥《ひわい》な声は本当に自分のものだろうか。川辺の冷たい視線が心臓の奥まで震わせる。笑い声が頭蓋骨《ずがいこつ》の中で反響してわずらわしい。

視界が、白く濁った。

「くっ、ぅんっんー、っ、っ！」

「おー、イッた？　イッたよな！　なんだよ射手谷、ドライも楽しめるんじゃねえか」

「はぁ、はっ、は……お前ら、あとで……覚えてろよ」

腰の震えがとまらない。

はしゃぐ男たちの下で、射手谷はただただ無力感に襲われていた。

こんな連中にイかされてしまった。そして、このあともまたきっと……。

震える肌を男たちがまた撫ではじめ、それに感じる自分が情けなくて仕方ない。それなのに体中の神経が愉悦の波にさらわれそうだ。

ぐい、と奥まで細いローターを押しこまれ、ひくつく内壁がそれを咥えこんでしまった。凹凸を求めるように、震える己の粘膜がひとりでに蠢いているのだ。

男の一人が舌舐めずりをしながら射手谷の腰を摑んだ。

「やべ、あの射手谷が、と思うとすっげえそそるな。俺先にやらせてもらうぞ」

いつのまにか、男の性器が露出している。

陰茎など誰だって同じものを持っている、と思っていたが、秋季のものではないとなるともうおぞましいものにしか見えない自分に気づき、射手谷は我知らず苦笑が漏れた。

秋季のことばかりだ。さっきから。

こんなにも秋季のことが好きなのか。

あんな純粋な男を弄んだりしたから、罰があたったのかもしれない。

そんなことを考えながら、ぼんやりと自分に覆いかぶさる男を見つめていた。まだ、細いバイブレーダーの入ったままの入り口へ、熱いものがおしあてられる。

誰かがそれを「おい」と止めていた。

いきなり二本差しする馬鹿がいるか。と、川辺の声だ。

人を妬むなら妬むで、ほかの連中くらい下品になれたら気分も楽だろうに。

と、自分を陥れた当の本人への哀れみは、ぐ、と後孔を押し広げるような感覚に中断させられる。

まだ、ローターは入ったまま。

待て、とまた川辺が強く止めた。いや、立ちあがりさえした。

その拍子に大きな音が部屋を震わせた。まさか、川辺がソファーから立ちあがっただけでそんな音もするまい。

視界にいる男たちが一斉に同じ方向を向いていることに気づき、射手谷は絶頂の余韻の残る体に鞭打って身をよじった。すっかり気がそがれてしまったらしい男の腕から逃れるように頭をもたげると、川辺が一歩後ずさるのが見えた。

その視線を追うと、バーの入り口に新たな闖入者《ちんにゅうしゃ》がいる。

「射手谷！」

耳に届いた声が、信じられなくて、射手谷は今の状況から逃げ出したいばかりに都合のいい夢でも見ているのではと思った。

秋季がいる。

初めて会ったときよりも、さらに怒りの色の強い顔が、こちらを睨み据え、勢いよく向かってくる。

握りこまれた拳が、射手谷に覆いかぶさっていた男の頬に命中するまで、あっと言う間の出来事。

まさか屈強な男に乱入されるなどと思ってもいなかったのだろう、射手谷を襲っていた連中は、激昂するよりも明らかに尻込みしていた。

「な、なんだよお前、関係ないだろ」

声を発した男にも、また秋季の一撃。

あたりのどよめきなど欠片も気にせず、秋季はそのままテーブルに寝そべる射手谷の肩を

摑むと、引きずるように起こしてくれる。といっても、助けるというにはいささか乱暴な仕草。

その、久しぶりに見る憤怒の表情に、射手谷は何を言うべきかよくわからず、無理やりスラックスを穿かされながらなんとか言葉をひねり出した。

「あ、秋季ちゃん、久しぶり」

場違いな台詞に、秋季に睨まれる。

射手谷のスラックスのジッパーを上げると、秋季はそのまま戸惑う男たちとソファーの間を抜けようとする。射手谷の手を摑んで引きずるような勢いで出口に向かう姿は、阻むものは許さないという空気だ。

「お、おい、誰か知らねえけど、俺ら楽しくこういうプレイしてただけだぜ。なあ射手谷」

「そうそう。なんならあんたも交じればいいじゃねえか」

背後からの往生際の悪い釈明に、ぴたり、と秋季の足が止まった。

腕を引かれるがままだった射手谷の体勢が崩れるが、その肩を秋季が摑むと、相変わらずの形相で命令される。

「射手谷、ここで待ってろ。絶対動くな」

動いたら、射手谷まで殴られそうな空気を醸し出しつつ、秋季の向かった先は軽口を叩いた男二人。重たい打撃音と共に彼らもソファーに座りこみ、店内は異様な沈黙に支配された。

ただ、ぷらんぷらんと、まだ挿入されたままのローターのリモコンが、射手谷のスラックスの外へ飛び出し揺れているのがひどく滑稽《こっけい》に見える。

あれだ、夢か何かだ。

どろどろに濡れて、まだ下肢を痺れるような感覚に支配され、両手首には玩具の手錠、はだけた胸元からは乳首までさらけだした姿で、射手谷は呆然と自分に言い聞かせる。

と、そうやって射手谷が、自分が助かった自覚さえ持てずに秋季を眺めているほかない間に、秋季はとりあえず揉め事は勘弁してくれといわんばかりに弱気になった男たちの隙間を縫って、川辺の目の前に立っていた。

そこに来て、ようやく射手谷は秋季にまともな口をきく。

「あ、秋季ちゃん、川辺はいいよ」

言った途端、射手谷の拳が川辺の頬にめりこんだ。

「なんでだよ！」

殴る勢いにまかせて振り返った秋季が怒鳴る。

すでに殴った後ではもう遅いのだが、射手谷はあとずさりながら答えた。

「いや、俺が殴ろうと思ってたから、なんだけど……だ、大丈夫か川辺」

ソファーに崩れ落ちた川辺は一瞬うめいたようにも思えたが、よほどパンチがきいたのか、起き上がる様子を見せない。

心配げにほかの男が駆け寄る中、ようやく秋季がぎゅっと眉を寄せたまま射手谷の元へ戻ってきた。

「秋季ちゃん、ちょっと待てってば、秋季ちゃん！」

もしかしたら、やはり目の前の出来事は夢かもしれない。

あの屈辱の中から助けだされ、無理やりタクシーに乗せられ、そして二人で射手谷のマンション前までやってきた。その間、一言も秋季が口を利かないものだから、射手谷は未だにこれが現実ではないような気がして不気味で仕方がない。

タクシーの中で、手錠についたプラスティックの鎖をねじ切ったときさえ無言だった。強く腕を握られる感触が、恋が怖い、そういって縋りついてきた日と似ていた。

このまま、またぱっと手を離して逃げられてしまいそうだ。

だが、そんな予想に反して、秋季はタクシーの運転手に一万円札を押しつけ、釣りも受け取らずに射手谷のマンションの玄関へたどり着く。

射手谷の部屋まで一直線。そのくらいの勢いだった秋季の足が、そこでようやく止まった。

オートロックのロビーは、射手谷の鍵がなければどうしようもない。

立ち止まり、しかしこちらを振り返るでもなくじっと立ちすくむ秋季。射手谷は自分の背広のポケットを探りながら、その背中におずおずと話しかけた。

「あ、秋季ちゃん、今日はその……助かったよ、本当に、感謝してる」

「………」

「み、みっともないとこ見られちまったな。っていうか、よくわかったな、あんな店連れて行ったことなかったのに」

鍵束はすぐに見つかった。

玄関扉をそれで開け、秋季と二人でマンションのロビーへ足を踏み入れた。

一度足を止めたため熱が引いたのか、秋季は先ほどまでとはうってかわってゆっくりとした足取りだ。その表情は固く、射手谷には何を考えているのかやはりわからなかった。

その唇が、ふいに開かれる。

「だから言ったのに、誰かに恨まれてないかって」

「………」

「射手谷も覚えてるだろ。俺は、あんたが瑞穂の交際相手だと勘違いして、最初に会った夜話しかけたんだ」

「ああ……もう、懐かしい話になっちまったけど」

「俺、あの頃瑞穂の交際相手調べようと思って、プラス・フォーユーに行ったことがある」

一瞬、何を言われたのかわからず射手谷は立ち止まって首をかしげた。

深夜のロビーには人の気配はなく、エレベーターも一階で停止したままだ。

秋季が、気まずい秘密を打ち明けるような深刻な雰囲気で続ける。

「瑞穂は喧嘩して交際相手の家に行っちゃうし、でも俺相手が誰か知らないし……だから、会社まで駄目元で行ってみたんだ。勢いで行っちゃったから夜だった。そのとき残ってたのが、川辺さんだった……」

「川辺? じゃあ、川辺が俺のことを、瑞穂ちゃんの交際相手だと言ったのか?」

秋季がうなずく。名前は聞いていなかったらしいが、親身に話を聞いてくれたから顔は覚えている、と秋季は寂しげに言った。

「俺が怒ってるのも、妹を誑《たぶら》かしやがってぶん殴ってやるって言ってるのも知った上で、あの人は社内報にあった研修旅行の写真から、あんたの顔を教えてくれたんだ」

「………」

「嘘だってわかったあと、あの人に理由を聞いてみたかったけど、そんなこと忘れたみたいな顔して毎日挨拶してくれるから、聞けないままで……」

ただの勘違いか、それとも射手谷が殴られればいいと思ったのか。

そのどちらかしか思いつかず、秋季は川辺をなんと問いただせばいいのかわからないまま、ときおりガラス張りのオフィスの中で、川辺と射手谷がすれ違う姿を見ていたらしい。

「お前、それで俺のことをやたらと心配していたのか」

「だってあんたは……なんでも持ってるもん。かっこよくて輝いてる。だから、きっと誰かに妬まれてると思うと川辺さんのついた嘘が忘れられなくて」

秋季の拳が震えている。

ほかの男とは違い、川辺には何を思ってその拳を振るったのだろう。

気づけば、射手谷は秋季のその拳をそっと両手で包みこんでいた。

「本当は、俺あんたの傍《そば》から逃げたかった。あんたのことなんて忘れたかったけど、今朝の掃除のとき、倉庫の裏で川辺さんが誰かと電話してるの聞いたらいてもたってもいられなくなったんだ。店の名前もわかったから、なんとか探し出せてよかった」

「俺を嵌《は》める話を、あいつ会社でしてたのか」

苦笑すると、秋季はうなずいた。

「嵌めるっていうか、呼び出してやるから、あとは煮るなり焼くなり好きにしろって」

「……実際見ての通りだ。秋季ちゃんが来てくれなかったらと思うとぞっとするよ。ありが……んっ」

本当に助けにくることが目的だったのだと知り、ようやく安堵が胸に訪れた射手谷は、いつもの調子を取り戻そうとした。

いつもの余裕のある態度で、軽く礼を言って、家でコーヒーくらい飲んでもらおう。

夜の過ちも、秋季の告白も忘れたふりをして。

そんな気でいた射手谷の礼の言葉は、しかし秋季の唇に吸い取られてしまった。

分厚い唇の、押しつけるだけの接吻。

つい、射手谷はすぐに唇を離して、後ずさろうとした。だがその肩を秋季に摑まれる。

「ほんとにぞっとしてるのか、射手谷？　あんたのことだから、ああいうのも遊びのうちだとか、言いださないのか？　俺、助けに入ってよかったのか？」

問いながら、秋季は性懲りもなく唇を寄せてくる。

吐息が肌に触れるだけで、今まで肉欲にさらされていた射手谷の体は過敏に反応した。

かちゃかちゃと、太ももにローターのリモコンが何度もぶつかる音がしらじらしい。

「あ、秋季ちゃん落ちつけって。助かった、ありがたいと思ってるよ。巻き込んで悪かった」

「射手谷、俺もっとあんたを助けたい」

「何……？」

もがき、秋季の情熱から逃れようとする射手谷の耳に、秋季のささやきが触れる。

その言葉の意味を、秋季の伝えたい言葉を、嫌でもすぐに理解してしまった射手谷は、うつむくほかない。自分は、秋季にごく普通の幸せを摑んでほしいと、そう願っているのだと必死で自分に言い聞かせる。

「よせ秋季ちゃん、俺が悪かった。ちょっと初心なお前をからかいすぎたって反省して……」

「なあ射手谷、初めて会った夜、俺が怒鳴るとあんた一緒にいた子を守ってたろ。俺のことだっていつも大事にしてくれた。きっと妹さんにもそうなんだろうな」

「あ、秋季ちゃん?」

「じゃあ、そんなあんたを守ってやったり楽しませてやるにはどうしたらいいのかって、最近毎日考えてた。いっぱい考えて、それで俺、わかったんだよ」

不器用な男の、飾り気のない言葉に射手谷は息が止まりそうな心地だった。

いつも、一緒にいながらそんなことを思ってくれていたのか。と思うと、抑え込もうとしていた恋心が爆発してしまいそうだ。

「怖いけど、俺ずっと射手谷と一緒にいたいんだ」

その恐怖に立ち向かうことが、秋季にとってどれほど勇気のいったことか、知っているからこそ射手谷はそれ以上何も言えなかった。

ただ、うつむき、秋季の表情さえ見れないまま時間が過ぎる。

自分も秋季が好きだ。二度と怖いなんて言わせない。

いつもなら簡単に言える口説き文句は、今は射手谷の胸に詰まり、吐き出すことも飲み下すこともできないままだ。

誰かを守ってやるばかりで、こんなふうに求められ、すがられ、守りたいと言われたことなんて一度もない。

どうすればこの甘美な告白から逃れられるのか、わからない。

みじろぎ、また抱き寄せられたそのときだった。

また、静かなロビーに、ローターのリモコンが揺れる音が響いた。

「何、これ……？」

初めて見るのだろう、秋季が不思議そうに射手谷のスラックスから延びているコードを追い、そしてリモコンにたどりつく。

黒いそのリモコンには、素っ気ないスライド式のスイッチが一つあるだけ。

ローターの説明でもしていれば、秋季の決死の告白を、うやむやにできるかもしれない。と、不誠実なことを考えた射手谷の目の前で、秋季の指がスイッチに触れる。

あ、と思ったときには遅かった。

「あ、あっぅ——っ」

「え、えっ？」

さんざ嬲られた内壁で、忘れていたはずの違和感が激しい振動をはじめた。

唐突な刺激に、腰がくだけそうになる。たまらず秋季にしがみついたが、秋季のほうも何が起こったのかわからず、うろたえている。

「あ、秋季、それ止めろ……っ、こないだまで、童貞だったお前に、大人の玩具は百年早っ……ぁ、っ」

「こ、こんな状況でもろくなこと言わないなあんた……って、これが、玩具？」

「お前がいきなりズボン穿かせるから、ローターが、あそこに入ったままで……ふ、ぁっ」

射手谷の言葉に、秋季は助けに入ったときの光景を思い出したのだろう。

耳まで赤く染めた秋季が、震える指先でスイッチに触れる。切ろうか、切るまいか、その逡巡《しゅんじゅん》を見ているだけでも、ひどく長い時間嬲られているような心地になった。

そして、その指先がゆっくりと……振動を強める側へ、スイッチをずらす。

「ぁぁあっ……」

「射手谷、俺のこと嫌いか？　玩具のほうが、好きなのか？」

「やっ、ちがっ……ずるいぞ、こんな……ふぁっ、んっ」

「わかってるよ、俺じゃ射手谷につりあわないって。でも……お、俺、二股かけられてもなんでもいい、一番好きになってもらえるよう頑張るから……駄目か？」

「だっ、駄目だっ」

誰がいつ入ってくるともわからない玄関ロビーに、射手谷の震える声が響いた。

「駄目だ、秋季ちゃんは、瑞穂ちゃんみたいにいい伴侶《はんりょ》を見つけて、いい結婚式あげて、生涯幸せいっぱいの家庭で余生を送るんだっ」

「な、何言ってんだよ」

「永遠も約束できない男同士で、ん、ぅ、秋季ちゃんに不安ばかりの生き方なんて、させたくない……っ」

だから、恋が怖いと言ったときのように、また目の前から逃げ出してくれ、と射手谷は願った。

射手谷への恋心など忘れてくれるというのなら、今どんなにぶざまな姿をさらしてもかまわない。しかし、今にも地べたに膝をつきそうな射手谷の腰を抱く秋季の腕の力は、強まるいっぽうだ。

「永遠くらい、約束できるぞ?」

あっけなく耳朶にもぐりこんできた言葉に、射手谷は喘ぎながら秋季を見つめた。

こちらを見つめる男の瞳には、覚悟の輝きがある。

そして、秋季はもう一度繰り返す。

「永遠くらい、あんたのためなら約束できる。ずっと一緒にいたらいいんだろ、ずっと大事にしあってたらいいんだろ。ずっと、愛しあっていればいいんだろ」

結婚という形で一つの家族になれる、ごく普通の男女でさえ難しいその「ずっと」を、秋季は信じようというのか。それが信じられずに妹の幸せさえ祝ってやれなかった秋季が。

射手谷は、目を瞠った。

「射手谷のためなら、俺いくらでも頑張れる。射手谷、俺じゃ嫌か?」

その言葉に、射手谷は身悶えた。

秋季の好意が、そのまま体の中に流れこんだかのように、ローターにとろかされた体が淫らに震える。

もう、このままこの胸の中にずっといたっていいんじゃないだろうか。

何も知らない秋季をゲイにしてしまっては、と思い止《とど》まっていた射手谷の理性は、どろどろにとろかされていく。

「嫌……じゃない」

「………」

脳裏を、妹の姿がかすめた。

見知らぬ男がやってきて、妹を幸せにすると誓う。

それが、射手谷は羨ましかったのではなかったか……。

「秋季ちゃんと、ずっと一緒にいたい……」

吐息とともに、射手谷は本音をこぼす。

「秋季ちゃんのこと、一生守ってやりたい、ずっとお前を愛してたいっ」

秋季の、心臓の跳ねる音が聞こえた気がした。

手を伸ばしかけた。ここがどこかなんて、もうどうでもよくて、ただ抱きあいもう一度キスをしたかった。

だが、二人の世界は突然破られる。

外で、マンション住人だろう、鍵の束を鳴らす音が聞こえる。そして、解錠の電子音。

ぎょっとして射手谷はコートの前を閉じあわせると、目の前のエレベーターの開閉ボタンを押した。

一階にあったエレベーターの扉がすぐに開くが、いざ逃げ込もうにも、身じろぐだけで敏感な内壁から体中に淫らな振動がかけめぐり、しゃがみこみそうになってしまう。

「射手谷、捕まって」

言われるがまま、射手谷は秋季に抱かれるようにしてエレベーターに乗り込んだ。

ロビーの扉がゆっくりと開く。しかし、わずかに住人の肩が見えた頃、ようやくエレベーターの扉は閉まってくれた。

「うう、危なかった……秋季ちゃん、お前そんなアブノーマルな……お、おい？」

「ごめん射手谷、俺、あんなこと言われたら我慢できない」

十二階へ向け、ゆっくりと昇りはじめたエレベーターの中で、秋季が後ろから抱きすくめてくる。

相変わらず下肢をいたぶる激しい振動。

密着する秋季の体温さえ残酷なほど射手谷の愉悦を誘うことも知らず、彼の手が股間を這った。スラックスの中で固く張り詰めていたものに触れられ、射手谷の声が漏れる。

「んっ！　お、おい秋季ちゃんっ。カメラっ、カメラあるから、さっきのロビーのモニターにも、ここの映像映ってるから……あ、あっ」

「射手谷、あんたの中、今どうなってるんだ。俺以外の何か挿れてるんだろ、そんなのにさっきから、そんなにやらしい顔して感じてるのか？」

「や、やらしくて悪かったな。あ、待てっ、押しこむな……っ」

十二階はこんなにも遠かったろうか。

秋季の指が、確かめるように布越しに後孔のあたりを押しこんでくる。

圧迫感。肉壁を抉るローターが深く刺さり、もう長い間なんらかの形で嬲られ続けていた射手谷の体は限界を迎えた。

奥深くで振動したローターが、秋季の指先にあわせて上下する。

「秋季ちゃ……っ、あんっ、あぁっ……」

耐えきれず、射手谷は軽く達していた。

耳朶に、興奮しきった秋季の吐息がかかる。

カメラに、自分たちの後ろ姿はどう映っているだろうか。それが不安でたまらないのに、秋季の欲情が嬉しくてたまらない。

絶頂の余韻に、今度こそ崩れ落ちそうになった射手谷の目の前で、ようやくエレベーターの扉が開く。

すぐ目の前の我が家の扉に倒れ込むようにしてエレベーターを抜けだす。

もし、エレベーターから一番遠い部屋に住んでいたとしたら、自分たちはこのままこの共用廊下で行為を続けていたかもしれない。

そのくらいの高ぶりに悶える射手谷と秋季の背後で、エレベーターは一階に呼ばれて去っていく。

もたつく指先が鍵を見つけた。扉を開く。

電気をつけてそれからできればシャワーも浴びたい。少しくらいは余裕を取り戻して、いつまでも性行為に慣れずにがっついてしまう秋季を、からかってやりたい。

しかし、そんな射手谷の企《たくら》みはほとんど叶《かな》わなかった。

玄関の電気がついたとたん、すでに射手谷の体は廊下に倒れ込んでいた。

脱げた靴がどこかに転がり、獣のように目を光らせた秋季が、あっと言う間に射手谷のスラックスを脱がしてしまう。

「あっ、ぅ……」

自分の体液で濡れたスラックスが玄関に放り出される。

剝《む》き出しになった下半身を見て、秋季が目を瞠るのが少しおかしかった。

後孔の小さな窄まりから、ぴょこんと黒いコードが出ている様は、見慣れない秋季にはさぞや滑稽だろう。

「射手谷、これ……抜いていいのか？」

言いながら、すでに秋季の指はそのコードに触れていた。

激しく震え続けるローターが、ゆっくりと内部から抜かれていく。

「あっ、ぅ、んっ」

こすれる感触。粘膜が、あさましくもローターを追うように蠢いた。

秋季が、玩具が抜けてゆく場所をじっと見つめている。

外部にローターがその姿を現すにつれ、大きなモーター音が廊下に響き渡る。

「こんなの……入ってるのに、射手谷あんな気持ちよさそうにしてたのか」

「う、わ……ずいぶん変な形だと思ったが、えげつないな」

ローターは、ただの丸いかわいらしいものではなく、ぶつぶつとたくさんの突起がついた親指サイズ。少しばかり、これと二本差ししようとした男を止めてくれた川辺に感謝したくなるしろものだ。

そのローターをじっと見つめ、秋季の表情が緊張していくことに気づく。

「秋季ちゃん、それ、使いたいのか?」

「えっ、あ、いやっ!」

「いいんだぞ。俺はお前にならなに何されてもいい」

「射手谷……」

「お前が楽しめたり幸せになれるなら、なんだっていいんだ。どうせお前と一緒なら俺だって幸せなんだからな」

秋季の手から、ごとりと音を立ててローターが落ちた。

ぐっと身を寄せてきた秋季の股間で、とうの昔に屹立《きつりつ》していたらしい陰茎の熱を感じる。

もたつく手をそこに這わせ、ゆっくりとジッパーを下げてやると、これ以上ないほど興奮した秋季の肉茎が飛び出した。

「射手谷、入れていいか……」

「いきなりだな」

「助けにいったときから、ずっとしたかったよ！」

赤裸々な告白に、射手谷はたまらなくなって唇を舐めると、自ら己の足をかかえてみせた。何度となく人にさせてきた格好。けれども自分でやるのは初めてで、羞恥がこみあげる。

しかし、秋季がのしかかるようにして、射手谷の膝を摑んだ瞬間、胸が高鳴った。

秋季が入ってくる。

セックスへの好奇心ではない、人肌への渇望でもない、ただ、射手谷を愛し、射手谷を抱きたくて秋季は興奮しているのだと思うと、見つめられるだけでもイってしまいそうな心地だ。

ほぐれきった入り口は、それでも苦しげに広がり秋季のものを受け入れる。

しっとりと秋季の肉棒に絡みつき、秋季が腰を進めているのか、それとも射手谷が飲みこんでいるのかわからぬほどひくついた。

「んっ……く、ぅっ」

「射手谷、苦しいか……？」

「ふ、ふふ、そんなこと聞くなんて、初めてじゃないか……三回目で、慣れてきたってとこか」

「また、そういう意地悪なこと言うだろ……」

「あ、んっ！」

先端が、熟れた内壁をさっそく抉った。

痺れるような快感。達して間もない体は、射手谷自身が思っている以上に淫猥《いんわい》だ。

秋季が腰を揺する。

今までの貪るばかりの動きではなく、射手谷の反応を見守るような慎重な抽送。

「秋季ちゃん、動けよ……っ、タクシーでもロビーでも、ずっと勃ってたんだろ。したいように突っ込んでいいんだぞ」

「射手谷の馬鹿っ」

悔しげに顔をゆがめ、秋季は一生懸命射手谷をいたわるように腰を動かしてくる。

しかし、それも長くはもたなかった。

「あ、ん、んっ……」

なんだか、三度目の経験というだけで、簡単に自制心を持たれてしまうのが悔しくて、射手谷は躍起になって秋季を締めつけた。下腹部に力を入れるだけで、秋季に肉壁がへばりつく。脈打つ感触に一人乱れながらも、必死に下肢で秋季を煽ってやる。

ああ、もう。と秋季がうめく。

そして、ゆっくりと動いていた秋季が、いきなり激しく腰を打ちつけてきたのだ。

「――っ」

玄関マットの上でのけぞる。

秋季の汗の粒が、肌に落ちるだけで波紋のように愉悦が広がる。

深くまで入ってきた秋季のものはすぐに抜かれ、そしてまたすぐに叩きこまれる。

苦しい。それなのに、自分の中に秋季のものがあるからだと思うと、その苦しささえ快感になる。

吐息が、どちらのものかわからなくなっていく。

心音が溶けて混ざりあうような気がする。

痙攣《けいれん》するように内壁が秋季のものを飲み込もうとする。

「秋季っ、秋季ちゃん、もっとして……っ」

「射手谷っ」

「秋季ちゃんでいっぱいにしてくれ……、あ、ああっ、は、ふぁっ」

「ああ、俺の中はもう射手谷でいっぱいだぞ。射手谷も……俺でいっぱいになってて っ」

一際深く腰を打ちつけられ、射手谷は息を飲んだ。

熱い。腹の奥深くが他人の拍動に震えている。

そこでイってくれ。そう言おうとしたとき、視界の端で秋季の手が何か持ったことに気づいた。

「あ、秋季ちゃ……?」

呼びかけるより先に、廊下に響いていたローターの振動音がくぐもったことに気づく。と、同時に射手谷は悲鳴をあげた。

「ひっ、ぁあっ、や、あっ!」

屹立した射手谷の雄を、秋季が大きな手で握りこんでいる。

ローターと一緒に。

鋭い刺激が肉茎を嬲り、たまらず震える射手谷の中が、容赦なく秋季のものを絞りあげた。

涙にかすれる視界の向こうで、秋季がうっとりとこちらを見つめているのがわかる。

「あん、あ、あ、ふぁっ、あっ、あっ!」

「あっ、射手谷、イク……射手谷の中、すごいっ」

すなおな感想が嬉しくて、激しすぎる刺激の中、痙攣するようにして射手谷は達した。同時に、そうして震える射手谷の中で、秋季の熱欲も弾ける。

たっぷりと、熱い迸《ほとばし》りに奥深くを濡らされ、射手谷は喘いだ。

好きな人と、こうして一つでいられる。

熱欲にまみれ抱きあっていられる。

その幸せを、秋季もきっと感じてくれているのだろうと思うと、射手谷の胸を喜びが締めつけたのだった。


クリスマス当日。

プラス・フォーユー一階のクリスマスイベントは宴もたけなわだ。

憎たらしいが川辺は仕事はできる。

射手谷との約束を守ったつもりか、客入りはすでに目標値を上回っていた。

その、川辺の後ろ姿をブースの裏に見つけ、射手谷はそっと近寄るとむんずとその尻を摑んだ。

「う、わっ！」

「よお川辺。せっかくのクリスマスに辛気臭い顔するなよ」

「うるさい、揉むな！」

あの事件の翌日、顔に青あざを作って出社した川辺にみんな何事かと驚いていた。

射手谷のときは「どうせ浮気でもばれたんでしょ」と誰もが笑っていたのに、みんなそろって川辺のことは心配するのだから、少々自分の普段の素行を反省せざるを得ない射手谷だったが、同僚の優しさは川辺には針の筵《むしろ》だったろう。

川辺はどうやら、トナカイのオブジェを見ていたらしい。

同じようにして大きなその装飾を見あげながら、そっと川辺の耳に息を吹きかける。

「そう邪険にするなって。ちょっと返そうか悩んでるものがあってさ」

「何か貸した記憶はない。尻を揉むな」

「ほら、今月頭に借りっぱなしの黒いローター。あれで最近楽しみまくってるから、返すのも悪いし新しいの買って返そうか？」

「うるさい、黙れ、いい加減にしてくれ、俺が悪かった。尻を揉むな」

あれ以来、射手谷はなるべく川辺と接触を持つようになった。

無視をされても挨拶をする。つれなくされても絡みつく。

部下に「仲がいいですね」なんて笑顔で言われて、川辺の表情が凍りつくのを見るのはなかなか面白い。このくらいの意趣返しは許されるだろう。

しかし、ただ嫌がらせをしたい、というだけでもない。

「お前さん、今夜のクリスマスデートどうすんの？　いい加減キョウと別れられたわけ？　それともどっちかが妥協した？」

「……尻を揉むな」

涙目で睨まれてしまった。

大方まだ別れられていないのだろう。

「そうやって一人で悶々として、また俺に八つ当たりされたら迷惑なんだけど、ちゃんと解決しなよ」

「余計なお世話だ。お前こそ、今更常識人ぶってセフレ全員切ったらしいが、お前みたいな浮気もの、そのうちボロを出すのがオチだぞ。……尻を揉むな」

「あんな可愛い秋季ちゃんを泣かせるような真似、惚《ほ》れこんでる俺にできるわけないだろ。キョウみたいに本命泣かせるのが趣味ってわけじゃないんだから」

あの事件のあと、キョウから聞かされた川辺への愛情は本物だっただけに世知辛い。すっかり失敗続きの別れ話を思い出したのだろう、川辺が暗い顔をしてクリスマスにふさわしくない溜息を吐く。

「射手谷、瑞穂の兄さんが来たぞ。さっさとそっちに行ったらどうだ」

「あ、ほんとだ」

川辺に促され視線をやると、クリスマスツリーを見あげながらふらふらと歩く巨体が一つ。吹き抜けの三階にまで到達している大きなツリーによほど驚いているのか、ぽかんとした横顔が無防備で可愛らしい。

ようやく川辺の尻から手を離すと、射手谷は川辺にささやいた。

「それで川辺、お前のローターどうやって返そう？」

「やかましい、とっととといちゃいちゃしてこい馬鹿！」

真っ赤になって怒鳴った川辺を、数人のスタッフが不思議そうに見つめた。慌てて口を閉ざして睨みつけてくる川辺に満面の笑みを向けると、射手谷はようやくクリスマスツリーに向かって歩き出す。

昨日はせっかくのクリスマスイブだったが、射手谷はもちろんのこと、パーティーに盛り上がる夜の歓楽街に酒を運びまわらねばならない秋季も忙しかったため、会えず仕舞いだ。

だからクリスマスプレゼントも渡せていない。

今夜遅くに、射手谷の家で軽くパーティーをしようと話していたのだが、その前に会いにきてくれたのだろうか。

見ると、秋季の手には紙袋がいくつか。

どれも、プラス・フォーユーにある女性向けブランドショップのものだ。

「秋季ちゃん！」

声をかけると、秋季が嬉しそうに振り向いた。

といっても、他人から見ればまだ仏頂面に見えるかもしれない顔だが。

二人して、クリスマスツリーの前に並んで立つ。

「すごいツリーだな、射手谷」

「川辺が用意したんだ。毎年、クリスマスはあいつの担当でな」

川辺、という名前に秋季が嫌そうな顔をする。

「射手谷、またあの人に嫌がらせされたり、してないだろうな」

「大丈夫だって。あいつ瑞穂ちゃんと仲良かったから、今度何かあったら瑞穂ちゃんに全部言っちゃうぞーって言ったら戦意喪失してたぞ」

「……俺、射手谷だけは敵にまわしたくない」

当然だ。と、射手谷は得意気に胸を張ってから、話題を変えるために秋季の手にした紙袋を覗き込んだ。

「それより珍しいな、買い物してたのか?」

「ああ、瑞穂にクリスマスプレゼント買おうと思って。やっぱり、一人で買い物するのって緊張するな」

「なんだ、言ってくれればつきあってやったのに」

「わかってる。でも、一人で選びたかったんだ。なんか、初めてのおつかいみたいな気分だった……って、これ射手谷のプレゼント選んだときも言ったっけ」

首をかしげた秋季に、射手谷はうなずき返す。

今日もつけているトカゲのネクタイピンを指で撫でながら、射手谷は目を細めた。

「瑞穂ちゃん、喜んでくれるといいな」

「それなんだけど……射手谷、明日の夜は空いてるって言ってたよな」

「ああ、秋季ちゃんの予定はどうなったんだ?」

年末年始は、会う時間が減っても仕方がない。

と納得していた射手谷だが、秋季の様子からするとデートの一つでもできそうだ。

つい、期待に胸が膨らんだ射手谷に、秋季はちらちらと自分の手にした紙袋を見やりながら言った。

「つ、ついて来てほしいところがあるんだよ」

「お安い御用だ、どこにでもついていってやる」

「……み、瑞穂と小津さんも一緒に」

驚いて、射手谷は秋季を見つめた。

秋季の表情に、もう苦悩の色はない。ただ、少し寂しそうな、恥ずかしそうな表情。

自然と、射手谷の頬が優しく緩む。

「射手谷と一緒に過ごして、いろいろ考えたんだ。俺も、瑞穂を見習って、俺自身の人生を歩かないといけないなって。だから……二人の話だけでも、ちゃんと聞こうと思って」

「店は決まってるのか」

「瑞穂に予約入れてもらってる。個室にしたら、絶対俺が小津さん殴るから、普通のレストランだって言われた」

「大事な妹を嫁に出すんだ、二発までなら、俺が小津をぶん殴るの許してやるぞ！」

「な、殴らな……い、ように、するよ……」

嫁に出す。

その言葉を、もう秋季は拒絶しなかった。

きっと明日は、四人のもとに一足早い春がくるだろう。

射手谷は、背伸びをして秋季の耳元で囁いてやった。

「じゃあ、明日の食事会がうまくいくよう、今夜は俺がたっぷりサービスしてやろう」

「え、えっ？」

「幸せのおまじないだ。好きだろ？」

秋季が、真っ赤になる。

このまま、人目も気にせずこの赤い耳にかじりついてやりたい。

「好き。射手谷と一緒なら、なんでも好きだ」

「…………」

秋季の初心が伝染したかのように頬を染めた射手谷を見て、秋季がふっと笑顔を見せた。

不覚にも、射手谷の胸が高鳴る。

その胸を押さえる指先の下で、トカゲの形をしたネクタイピンが優しく輝いていた。

臆病者の永遠の誓い

あるホテルの敷地内に建つ小さな別館に一歩足を踏み入れると、傍《かたわ》らで秋季《あき》が「わあ」と子供のような感嘆をあげた。

正面に広がるのは白い漆喰壁《しっくいかべ》と赤い絨毯《じゅうたん》。それに整然と並ぶ長椅子と祭壇。それらを、窓から差し込む夕日がステンドグラスの彩《いろど》りと溶けあってえもいわれぬ光景を作りだしていたからだ。

射手谷《いでや》もまた驚きに目を瞠《みは》り、思わずホテルのスタッフに本音を漏らす。

「いや、外から見たら素っ気ない建物だと思ったんだけど……中は立派なもんですね」

「ありがとうございます。この礼拝堂は、当ホテルの三代目社長が奥さまのために改築したものなんです」

「へえ、それは贅沢な話ですね」

「戦時中にご結婚されたので結婚式もなく、戦後も仕事に追われあまり一緒の時間を過ごせなかったそうです。ところが、還暦を前にして奥さまが、テレビでやっていた結婚式をとても羨ましそうにされたらしく……」

女性スタッフは、どのカップルにも語って聞かせているのだろうなめらかな口調で礼拝堂の成り立ちを続ける。

すっかりそれなりの規模となったホテルの三代目とやらがどんな男だか知らないが、妻のささいな一言にその男は、自分たちの結婚式をあげようと思い立ったらしい。

素っ気ない、寒い、薄暗い、と不評だった礼拝堂を改築。

そのとき作らせたこのステンドグラスの下での最初の結婚式は、もちろんこの三代目夫妻だった。

「夫婦の絆《きずな》を祝福するための場所だから、誰もがここに来れば、大切な人との未来を明るいものにしようと思える礼拝堂にしたい、というのが三代目の口癖だったそうです」

「白髪になってからの永久の誓いですか、いいですね。その話を聞くと、そんな夫婦になりたいね、なんて言いだすカップルが大勢いるでしょう」

「はい。もちろん私どもも、それを願っています」

誇らしげに微笑《ほほえ》むスタッフに、射手谷も笑みを返すと傍らにいた秋季に顔を向けた。

せっかくの話を聞いていたのかいなかったのか、秋季はまだぽかんと間抜けな顔をして光の粒子が漂う礼拝堂を見つめるばかりだ。

男二人で、連れだってホテルの結婚式サロンに来たのは、ほんの一時間前のこと。

今まで結婚式と披露宴に関する簡単な説明を受けていたのだが、愛想よくしろよ、と言った射手谷のアドバイスも虚《むな》しく、いかにも金のかかりそうな華やかなサービスの中身に、秋季の眉間の皺は深まる一方だった。

だがその根深い皺さえ、さすがにこの美しい光景の前では氷解してしまうらしい。

子供のように瞳を輝かせ礼拝堂を見つめる秋季の横顔を穏やかな心地で眺めながら、射手谷は本来ここに来るはずだった二人のことを思い出していた。

射手谷が秋季と出会ってはや一年。

折を見て一度だけ小津《おづ》を殴った秋季は、それ以来瑞穂《みずほ》との結婚を反対することはなくなった。おかげであっと言う間に小津と瑞穂の結婚の話は進展し、そろそろ二人から浮かれた結婚式の招待状が届くだろうと射手谷は呑気に待っていたのだが……その射手谷の元に、久しぶりに秋季が妹のことで泣きついてきたのである。

なんと、結婚式場の見学会に、秋季が行くはめになってしまったというではないか。

もとは瑞穂と小津が桃色のカップル臭もあらわに二人で行く予定だったところを、急な来客の接待をせねばならなくなったらしく、かといって予約のつまった人気の式場見学会もキャンセルしがたいと、白羽の矢が秋季に立ったらしい。

さすがにそれは他人任せにすぎるだろう、と射手谷は小津を責めたのだが、なんでも来客というのが、小津貿易とは長いつきあいの酒造会社社長で、海外からわざわざ小津の結婚を祝いに来てくれるらしい。

おおらかで陽気なカリフォルニア人は、婉曲《えんきょく》なお断りの言葉を歓迎の声と受け止めたそうで、小津と瑞穂のもてなしに期待を膨らませ今朝来日した。

さすがに「そんな客は無視しろ」とも言えず、射手谷はこうして秋季につきあって結婚式場までやってきたのである。

しかし、このホテルの礼拝堂の美しさは想像以上だ。

思いがけずいい目の保養になったと、射手谷はまだ緊張した面もちであたりを眺める秋季を肘でつついた。

「いいチャペルじゃないか。こんな場所で結婚式をあげれば、夫婦喧嘩のときにでもふと思い出して、いい緩衝《かんしょう》材になるだろうよ」

「……た、高そう」

「情緒のない男だな」

式場スタッフが、秋季の感想にすぐさま返事をくれた。

「基本的な料金は、近隣の式場と比べてもリーズナブルになっております。ただ、披露宴でのサービスに追加料金がかかってまいりますから、それによりけりですね」

同僚の結婚式さえ出席したことがない、という秋季は、ここに来る前からどの話題にも困惑顔を浮かべてばかりだ。

金額も困っているが、「結婚式における数々のサービス」とやらが想像できないらしい。

新郎新婦でみんなのテーブルに蠟燭《ろうそく》つけてまわって、何が楽しいんだ？　と、小声で問いかけてきたときは、さすがに秋季を結婚式見学会に行かせた小津たちを恨んだものである。

「秋季ちゃん、金は秋季ちゃんが払うわけじゃないいんだから気にしなくていいんだぞ」

「お、俺もちょっとは払うぞ」

「無理するな、小津貿易のおぼっちゃんのせいで大規模披露宴なんだから、もうあちらさんに任せときゃいいんだよ」

結納はなんとかすませたものの、小津家との結婚式はとにかく金がかかる。

最初こそ、小津にだけ払わせるのは施しのようで嫌だと息まいていた秋季も、招待客の人数を聞いて反論が尻すぼみになるほど。

結婚式資金は自分で貯めた、と言い張る瑞穂。俺も少しは出す、と主張する秋季。俺が全額払う方向で二人を説得してよ、とのたまう小津……三者三様に泣きつかれ、射手谷はそろそろ辟易《へきえき》していたところだ。いい加減、結婚する当人同士の全額負担で納得してくれないだろうか。

三人の妹の結婚式に、それぞれ何十万も援助した「お兄ちゃん」としては、彼らのいささかいはいっそ涙ぐましいほどだが、度がすぎるのも困りものである。

ぶすっと、またむくれてしまった秋季に、スタッフが温かな笑みを浮かべていた。

最初は結婚する当人らが来ないことに少し戸惑っていたようだが、今では妹馬鹿な兄の苦悩を微笑ましく思ってくれているらしい。

「優しいお兄さまに見守られて、素敵なお式になるのが一番ですよ」

「ですよねえ。もっと言ってやってください」

「射手谷、どっちの味方なんだよ」

「なんで『化粧代にお金かかるの？　瑞穂は自分の化粧は自分でできるよ』とか言い出す奴の味方をしなきゃならないんだ、馬鹿」

射手谷の言葉に、スタッフが口元を押さえる。震えるような笑い声がその押さえた手元から漏れてきた。

「あ、ありがとうございます。本当に、お二人は仲がよろしいんですね」

「そうなんですよ。俺たちもここで永遠の誓いでもしちゃおうかなってくらい」

「ふふふ、だったら、神父さんお呼びしないといけませんね」

調子に乗った射手谷の軽口をスタッフは冗談と受け取ってくれたが、傍らにいた秋季は真っ赤になってうろたえている。

「射手谷、しゃれにならないよ……」

小声でこづいてくるが、気にせず射手谷は「じゃあ呼んでください」と続けようとした、そのときだった。

半開きだったチャペルの入り口から、あわただしい闖入者《ちんにゅうしゃ》が現れた。

黒いスーツにホテルのネームプレート。

確か、結婚式相談サロンの受付にいた子だな、と射手谷が思い出す間にも、射手谷たちと笑いあっていたスタッフに彼女は駆けより、何事かささやいた。

とたんに、笑みの絶えなかったスタッフの表情に緊張が走る。

「あら新井《あらい》様が？　大変……」

「何か問題でもありました？」

「申しわけありません射手谷さま、湯郷《ゆざと》さま、少し席をはずさせていただきますが、サロンのほうでお待ちいただけますか？　お茶をご用意いたしますので」

プロらしく、すぐに笑みを取り戻すとスタッフが答える。

ホテルの結婚式相談サロンは広くて居心地のいい空間だった。最初出してくれたコーヒーもなかなか美味しかったし、少しゆっくりするにはちょうどいいだろう。

しかし、射手谷は来たばかりでこの場を去るのがもったいなく思えて、首を横に振った。

「いや、差し支えなければもう少しここの見学をさせてもらってもかまいませんか」

意外そうに秋季がこちらを向いたが、気にとめず射手谷は続ける。

「満足したらサロンに戻りますよ。せっかくなので、どんなチャペルだったか本人たちに細かく報告してあげたいですからね」

「かしこまりました。どうぞゆっくりご覧ください」

射手谷の笑顔につられたように、スタッフはにこりと微笑むと軽く頭を下げた。

何があったのかは知らないが、足早にほかのスタッフと共に彼女が去っていってしまうと、一気に礼拝堂は静寂に包まれる。

「さてと」

世界中にたった二人きり。

そんな錯覚さえ覚える空気の中、射手谷は秋季の腕に自分の腕を絡めてみせた。まるで、花嫁のように。

驚いた秋季の腕が、射手谷の手の中で震えた。

「射手谷？」

「練習しようか秋季ちゃん」

「れ、練習ってなんの。俺は結婚式なんかしないぞ」

馬鹿、と言って笑いながら、射手谷は秋季を見あげた。

「瑞穂ちゃんのヴァージンロードは、お前が歩いてやるんだろ」

「あ……」

秋季の眉が情けなく八の字になる。

それを気にとめず射手谷が歩き出すと、引っ張られるように秋季も一歩足を踏み出した。

ステンドグラスの彩りが落ちる絨毯を踏みしめ、ゆっくり歩みを進めると、自然と射手谷の脳裏にも懐かしい記憶が蘇《よみがえ》る。

父は、妹とこうして歩きながら涙ぐんでいた。

秋季も泣くのだろうか。

もしかしたら当日になって、やっぱり結婚するな、と言い出すかもしれない。

「秋季ちゃん、ゆっくり歩けよ」

「え、あ、ごめん」

「一生に一度しかないことなんだから、ゆっくり歩け。そんなせかせか瑞穂ちゃんを小津のとこに連れていってやることないさ」

「………」

夕焼けに照らされ、埃《ほこり》がきらきらと輝き渦巻いている。

ごく普通の家庭だった射手谷でさえ、こうして結婚式を終え、妹が嫁いでいくことに取り返しのつかない寂しさを覚えたものだ。

家族であることはかわりないのに、半分他人になってしまったような寂寥《せきりょう》感。

気づけば、つい秋季の腕に添えた手に力を籠《こ》めていた。

秋季は、もっと寂しいだろうと思うと、がらにもなく射手谷まで結婚式なんてとりやめてしまえと思えてくるから、恋心とは不思議なものだ。

自分の思考回路が恥ずかしくなって、少しおどけた言葉で空気を変えようとしたそのとき、秋季のささやくような声が礼拝堂の中に響いた。

「一生に一度のことならいいな」

ふと見あげると、秋季はすでに祭壇の前に小津がいるかのように、まっすぐ前を向いていた。

いつも険しい瞳が揺れて見えるのは、夕焼けの日差しがきつすぎるせいだろうか、それとも……。

「離婚とか、しないでさ。あ、でも、たまに喧嘩とかして、俺んとこに帰ってきてくれても、いいんだけど」

「ははは、そのときは、長くても三日くらいで仲直りさせて小津のとこに帰してやれよ」

「三日？　……せ、せめて一カ月だろ」

「ふぅん、俺のこと一カ月も放ったらかしておくつもりなのか」

あっ、と声をあげて秋季は立ち止まった。気恥ずかしそうに頬を染めてうつむいてしまうが、丁度そこはバージンロードの終着点だった。

祭壇まであと数歩。当日はここで待っているだろう小津に、秋季が妹を送りだす場所だ。

射手谷は、するりと秋季の腕から自分の手を引き抜いた。そして、その手を秋季の目元へ運ぶ。

もの問いたげにこちらを見下ろす秋季の、目尻に浮かんだ涙のつぶをそっと指先で拭ってやった。

「ここで小津に瑞穂ちゃんを任せて、お前はそこの席に座るんだ。本番で鼻水垂らしたりするなよ」

秋季は、無言で傍らの長椅子に視線をやり、そしてまた射手谷へと顔を向けた。まだ瞳が揺れている。

一年前はあらゆる変化を恐れ頑《かたく》なだった瞳は、今は柔らかく輝いていた。

その黒い瞳に自分が映っていることに心が躍ったそのとき、ふいに秋季が、涙を拭ったばかりの射手谷の腕を掴んだ。

あ、と思ったときにはもう秋季は祭壇へと足を進めており、引きずられるように射手谷もそのあとに続く。

「お、おいおい秋季ちゃん、結婚式ぶっこわす予行演習か？」

「そんなことするわけないだろ、馬鹿」

段差を一つ登ると、そこからはもう射手谷にとっては未知の領域だ。

永遠を誓う男女のための場所。

十字架もなく、神父もいないが、しかしここにいるとひどく落ちつかない心地になる。

向かいあう秋季は、射手谷の手首を掴んだまま、思い詰めた顔をしていた。やはり、いざ妹の結婚式を思い浮かべると嫌になったのか……。そんな可能性しか思いつかなかった射手谷に、秋季が真剣な表情のまま突拍子もないことを口にした。

「射手谷、あれ、なんて言ったっけ。汝《なんじ》、病めるときもなんたらのときも……いろいろ誓いますって言うだろ」

「あ、ああ。あれは人によりけりだぞ。別に決まりがあるわけじゃない。これから二人で幸せな家庭を築きますって誓えればなんでも」

「じゃあ、俺誓うよ」

「えっ？」

摑まれたままだった射手谷の手が、秋季の大きな両手に握りこまれた。

夕日に溶けたステンドグラスの彩りが、そっと二人を照らしている。

秋季の目尻に、もう涙は滲《にじ》んでいない。

「俺は、病気のときも、えっと元気なときも？　いつでも射手谷のことを大事にして、白髪になるまで一緒に生きていくことを誓います」

少しかしこまって、訥々《とつとつ》と秋季が言葉を並べる。

精一杯、思いつく限りの真心なのだろう、素朴な誓い。

言葉が、一音一音射手谷の耳から心にもぐり込み、体中にひろがっていく。

「い、射手谷は……？」

恐る恐る、掠《かす》れるような声でそう問われ、射手谷は唇を開いた。けれども、いつものような冗談や軽口は一つも思いつかない。

一体、どんな言葉であれば、秋季の真心に報いてやれるだろうと、そればかり考えた。

「俺は……」

また、妹たちの結婚式の記憶が頭をめぐり、射手谷は、その甘く賑やかだった思い出に背中を押されるようにして言葉を口にする。

「俺は、湯郷秋季が病めるときも健やかなときも、富めるときも、貧しいときも、共に助け合い、愛し合い……」

逡巡《しゅんじゅん》。

この言葉で秋季の未来を自分が縛ってもよいのだろうか。

しかし、じっとこちらを見つめる秋季の瞳に応えたくて、射手谷は想いを籠《こ》める。

「……白髪になってもずっと、死が二人をわかつまで、一生共にいることを誓います」

漠然と、ずっと一緒にいたいなとは思っていた。

その夢が、ただここで誓いあうだけで、未来につながっていくような気がする。

妹たちが幸せそうな結婚式をしていたのは、ドレスが可愛いからでも、チャペルが美しいからでもない。

大切な人と、永遠を求めあうこの瞬間を迎えることができたからだと、初めて気づく。

祝福の鐘の音も神父の言葉もない、ただ静かなばかりの礼拝堂に落ちる二人分の影は、どちらともなく寄り添いあい、そしてゆっくりと重なった。

触れあうだけのキスが、二人の誓いを一つにする。

暮れなずんでいた空の色が宵闇《よいやみ》に移りゆく中、お互いの影が夜陰に消えるまで、二人はそうして誓いの中に身を委《ゆだ》ねていたのだった。

「馬鹿っ、だからいいって言ってるだろ、秋季ちゃ……んっ」

ホテルの一室に、珍しくうろたえた射手谷の声が響いている。

間接照明だけの薄暗い部屋に、射手谷と秋季の裸体が柔らかくベッドの上で照らされていた。

あのまま結婚式見学を終えた射手谷たちは、幸い部屋が空いていたのをいいことにこのホテルに泊まることになった。どちらの自宅にも電車一本ですぐに帰れる距離だが、このままいつもの日常に戻ってしまうのは味気ない気がしたのだ。

秋季と出会って一年と少し。

いつも秋季をリードする立場の射手谷だったが、しかし今日はシャワーを浴びて部屋に戻ってくると、すぐに秋季の行為に翻弄《ほんろう》されるはめになってしまった。

さすがに男二人でダブルの部屋をとるわけにもいかず選んだ、ツインルームのシングルベッドの上で射手谷は仰向《あおむ》けに押し倒され身悶えている。

秋季が、その腹部に屈《かが》みこみ、射手谷の性器を分厚い唇で食《は》んでいるからだ。

やめろ、と言って秋季の頭を摑むが、しりぞく気配はまるでない。

「いつも射手谷が俺のを舐めてくれるから、俺もいつかやってあげようとは、ずっと思ってたんだぞ。い、嫌か？」

「い、嫌ではないが、その……」

肉茎に鼻先を押しつけたままぼそぼそと喋《しゃべ》られると吐息に撫でられるようで、射手谷はいっそう逃げるように頬をシーツに押しつける。

ただでさえ何も知らなかった秋季を、アブノーマルな性行為に誘ったのは射手谷自身だ。それを思えば、普通なら経験することもなかったろう口での奉仕なんてさせる気はまるでなかったのだが、まさか秋季のほうから興味を持ってくれていたなんて驚きだ。

微かに、喜びが胸に湧く。だが、それよりもずっと罪悪感のほうが大きくて、射手谷は往生際悪く言いつのった。

「秋季ちゃん、普通は男のなんて舐める機会ないんだから、そんなことまで俺の真似しなくていいんだよ」

「射手谷はときどき難しいことを言うよな」

「な、何が難しいんだ」

「俺、ずっと射手谷と一緒にいるって今日誓ったじゃん。射手谷とこういうことするのが、一生俺の普通だと思ってるんだけど……」

返事もできずに、射手谷は目を瞠った。

殺し文句が上手《うま》くなったな。とからかってやりたいのに、射手谷の唇は震えるばかりで何も言えない。

それどころか、秋季の言葉に喜ぶ体が、いっそう欲望に火照りはじめる。

「あ、そこっ……」

秋季が、口いっぱいに射手谷のものを咥《くわ》える。

戸惑いがちなそれは実に下手な口淫で、しかしその拙《つたな》ささえ射手谷には愛《いと》おしく思えて、必要以上に感じてしまう。

唾液《だえき》と、射手谷の先走りの体液が絡まる音がやけに響いて聞こえる。

ときおり息苦しそうに吐きだされる息が敏感な肌を撫で、射手谷の腰が浮く。

もどかしさに震える尻たぶに、ふいに秋季の武骨な指先が触れた。かと思うと、ゆっくりとその指先が射手谷の後孔の窄《すぼ》まりに触れる。

「お、おい秋季ちゃんっ……」

「射手谷のここ、ぴくぴくしてる……」

「し、してな……ぅ、あっ」

すでにシャワーを浴びるとき準備をしてあったそこは、微かな抵抗ののちすんなりと秋季の指先を飲み込んでいく。武骨な関節が粘膜を押し広げ、期待に震えていた射手谷の内壁が秋季の指を締めつけようとする。

「すごい、俺が舐めてるだけで、射手谷のがこんなになってる……」

「馬鹿、あたり前だろ……んっ」

「それに、中もこんなに……」

射手谷の興奮を直《じか》に感じて、秋季も夢中になっているのだろう。とろけるような顔をして射手谷のものに舌を這わせながら、彼は射手谷の中にさらに二本目の指を侵入させてきた。

前も後ろも同時に弄《もてあそ》ばれ、射手谷の体中に快感が広がる。

秋季の口腔で自分のものが熱量を増していくのが生々しくて、射手谷は今まで遊んでいるときは純粋に楽しんでいたはずの口淫に、初めてのような羞恥を覚えて唇を噛んだ。

狭い内壁がひくつくたびに、秋季の指先が興味深そうに粘膜をかきまわす。

その刺激に、たまらず射手谷の腰が揺れた。

「んっ……ん、ぅっ、秋季ちゃん、駄目だ、そんなにされたらもう……っ」

いつもなら、こんなもどかしいほどの刺激にすぐに達したりしないはずなのに、射手谷の体はもう限界を迎えようとしていた。

拙い前後からの刺激に腰が震え、射手谷はそのままじんと体を這う快感に身を任せた。我知らず熱い吐息がこぼれ、同時に、下腹部のあたりで秋季が咳《せ》きこむ。

さすがの秋季も、初めてで粘液を飲み込むまではできなかったらしく、その分厚い唇が性器から離れた。同時に、どろりとした液体が射手谷の股間にこぼれ、肌を這う。

指先が後孔から抜ける感触に射手谷はまた震えた。

「けっほ、けほっ、ごめん射手谷。けっこう難しいもんだな、飲めなかった」

「いや、俺こそすまん……気持ちよくてついそのまま……」

心底申しわけなさそうに謝る秋季を見あげて、射手谷は軽く身を起こすと彼の頬に指先を這わせた。

射手谷の足下でベッドに膝をついたまま、秋季はまだ咳きこんでいる。

その、唇の端をつたう射手谷のものが混じった唾液を拭ってやると、秋季が困ったように苦笑した。

「なんか、変な味する……」

「だろうな。秋季ちゃんの気持ちは嬉しいけど、なんでも俺にあわせて無理しなくていいんだぞ」

秋季が、射手谷を再び押し倒すようにして身を乗り出した。ベッドが静かに軋《きし》み、射手谷は大人しく再び身を横たえる。

じっとこちらを見下ろす秋季の顔には、まだ苦笑が浮んでいた。

「俺、初めて射手谷としたとき、あんたが俺のを飲んだって知って、めちゃくちゃびっくりしたな」

「懐かしい話だな。あの頃の秋季ちゃんは実に可愛かった」

にやりと笑って言ってやると、いつものように秋季が「馬鹿」とささやく。

「でもさ、射手谷が俺のを口でしてくれたり、飲んでくれるの今は好きだから……俺も、したいだけだ。だから、無理なんてしてない。今度はもっとうまくやる」

苦笑を収めた秋季の、あまりに真面目な宣言に射手谷は思わず噴き出してしまった。

一年前、ベッドの上で何をすればいいのかわからずうろたえていた秋季に、今の台詞を聞かせてやりたい。

「な、なんで笑うんだよ」

「いや、だって秋季ちゃんあんまり可愛いから」

せっかく、もっと射手谷を気持ちよくしたいと宣言したにもかかわらず笑われてしまった秋季の顔が、拗ねたものに変わる。

それさえも可愛くて、射手谷は軽く頭をもたげると、その拗ねた唇に自分の唇を重ねた。

そして、自分の股間にこってりと垂れているままの体液を指先ですくい取り、後孔へと運ぶ。秋季の指に嬲られ、すっかりほぐれた窄まりを自身のもので濡らしながら、射手谷はうっとりと頭上の男を見あげささやいた。

「そんなに頑張らなくても、十分気持ちよかったさ。だから次は秋季ちゃんの番だ」

掠れる声でそう言うと、射手谷は自ら膝を曲げて足を割り開く。

じっと見下ろす秋季ののど仏が上下した。

秋季に中途半端に嬲られた窄まりが、丸見えになっているだろうと思うと羞恥《しゅうち》に襲われる。

だが、そうやって恥ずかしい格好をした射手谷の目の前で、秋季の気配が確かに変わっていった。

荒々しい手付きで腰を掴まれたかと思うと、物足りなさそうにひくつく入り口に、熱い固まりが押しつけられる。

ふと視線を上げると、秋季がこちらをじっと見下ろしていた。

今、秋季の視界には自分しかいないのだろうと思うとそれがたまらなく幸せで、射手谷はつい笑ってしまった。

その射手谷の笑い声に誘われるように、秋季が甘い声でささやく。

「初めての夜みたいだ」

「え？」

「……俺、止まんなくなりそう」

射手谷がその意味を理解するより早く、秋季の太い肉茎が柔らかくほぐれていた入り口を押し広げ、一気に奥まで進んでくる。

すっかり秋季のものに慣れた射手谷の体が、待ちわびた熱量に喜び戦慄《わなな》いた。

「あ、あっ……うっ……」

「射手谷っ」

「あ、秋季ちゃっ……」

初めての夜みたいだ。

その言葉が胸の中でこだまし、射手谷も懐かしい夜を思い出す。

無自覚なまま欲望に溺《おぼ》れた秋季が、今夜は射手谷を愛し射手谷に溺れているのだ。

たまらなくなって、射手谷は下肢に力を籠《こ》める。

「う、わっ……」

秋季が、獣のような吐息をこぼす。

締めつけた射手谷の中で、秋季のものが脈動するのを感じた。欲望を煽られた秋季が、悔しげに眉をしかめると、両手をベッドについて深く射手谷に覆いかぶさってくる。

負けじと腰を打ちつけられ、射手谷の太ももがひくついた。

「んんっ、ん、ぁ、あっ」

秋季の欲望が奥深くに何度も叩きつけられる。

痺《しび》れるような快感が頭の奥にまで広がってきた。

自分はこのまま、秋季のことしか考えられなくなってしまうのではないだろうか。

しかし、そんな錯覚さえ甘く心地良く、射手谷は愛おしげに秋季の頭に腕を回した。

とたんに、秋季も甘えるように抱きついてくる。

汗に濡れた肌が擦《こす》れるだけで、射手谷の奥深くが戦慄く。一番深い場所に秋季のものを収めたまま、射手谷は秋季の耳朶《じだ》に囁みつくようにささやいた。

「秋季ちゃんと一緒にいられて、俺めちゃくちゃ幸せ」

言葉が秋季の耳朶に触れたそばから、腕の中の巨軀《きょく》が震える。

射手谷を抱きしめる秋季の腕にいっそう力が籠もり、息苦しいほどの束縛が心地よくて射手谷は吐息を漏らす。

密着したお互いの体に挟まれた射手谷のものは、もう二度目の限界を迎えようとしている。射手谷の言葉に煽られた秋季もまた、深い場所に己自身を収め、わずかに喘《あえ》ぐ。

秋季が、射手谷を抱きしめたまま体を揺すった。

ベッドがひときわ大きく軋んだ音を立てる。

内壁の蠕動《ぜんどう》を味わうように脈打っていた秋季の肉茎が、反動で奥深くを抉《えぐ》り、射手谷はたまらずのけぞった。

お互いの腹に挟まれた射手谷のものが再び白濁液を吐きだした。

「ん、ぁっ……あっ」

そして、秋季の欲望も爆《は》ぜる。たっぷりと自分の腹の奥に秋季の熱欲がしみ込んでいく感覚に、射手谷は艶めかしい吐息を漏らす。

満ち足りた射手谷の耳朶に、秋季の掠れた声が触れた。

「俺も……すごく、幸せ」

目をつむれば容易に礼拝堂で見た夕焼けが浮かぶ。

たとえこの先どんなことがあろうとも、永遠を誓ったこの記憶が、自分たちを導いてくれるのだろう。

二人で幸せを紡ぐ未来へと……。

おまけ◇射手谷と同僚とビジネスホテルの一室

「なあなあ川辺《かわべ》、もう寝たか？」

「寝た。うるさい。黙れ」

とあるビジネスホテルの一室で、そんなやりとりがなされるのはもう五回目だった。

秋季《あき》との恋愛も仕事も順調、この世の春を謳歌している射手谷《いでや》はこの日、他府県のビジネスホテルの一室にいた。

しかも、同僚の川辺と同じ部屋だ。

プラス・フォーユーの研修旅行一日目。会議の長引いてしまった射手谷と川辺が指定のホテルに到着した頃には、ほかの仲間はそれぞれ用意された部屋に引き上げたあとで、残った射手谷と川辺が同室と決まってしまっていたのだ。

本来なら、川辺の悪意でひどい目にあった射手谷のほうが同室など嫌がるべきところなのだが……同室と知って顔色を失ったのは、川辺のほうだった。

よほど射手谷と同室が嫌だったらしく、川辺は部屋についてからは一言も口をきかずに、さっさとシャワーを浴び、さっさと備え付けの浴衣に着替え、さっさとベッドにもぐりこんでしまう。

仕方ない、からかうのは明日の朝の洗顔タイムにでもするか。と、大人しくベッドにもぐりこもうとした射手谷だったが、ざわざわと胸に満ちる悪戯心《いたずら》に打ち負けて、つい隣のベッドにまた視線をやってしまった。

こんもりと膨らんだホテルの掛け布団に包まれた背中からにじみ出る、冷たく重たい空気といい、寝息さえ聞こえない静寂といい……狸寝入りに違いない。

射手谷はコソコソと近寄った。

そして、ベッドのシーツに手をかけ、川辺の隣にもぐりこんでやる。

「なんでだ、なんで入ってくるんだ。子供かお前は！」

案の定、狸寝入りだったらしい川辺がすぐに飛び起き、ベッドの弾《はず》みに二人の体が揺れた。

「いや、今日忙しくて、川辺のことからかい損ねちゃったし」

「油性マジックで俺の顔に落書きしてもいいから、自分のベッドに戻って寝ろ！」

「美しくないな、それ。それより他人と同室の夜ってさあ、やっぱ恋バナじゃない？」

「じゃない。寝ろ」

すげない川辺の肩をぎりぎりと摑《つか》み押し問答をしていると、ふいにサイドボードに置いてあった射手谷の携帯電話が聞き覚えのあるメロディを奏ではじめた。

暗い部屋に、携帯電話のパネルが明るく輝き、視線をやるだけで「秋季ちゃん」という文字が容易に見てとれる。

「おい、恋バナ以前に恋人から電話だぞ。またお前に何かしたのかとか誤解受けたらたまったもんじゃないんだ。離れろ、そしてさっさと電話に出ろ！」

言われるまでもない、とばかりに射手谷は電話をとり、迷わず「テレビ通話」のボタンを押した。妹とも射手谷ともいつでも連絡がとれるように、とついに観念した秋季が購入した携帯電話はそこそこ新しい機種で、こちらの鮮明な画像が映っているはずだ。

電話をかけたつもりが、突然画面に射手谷が現れて驚いたのだろう『わっ』と驚いた声がしたのち、秋季が話しかけてきた。

『い、射手谷ごめん、こんな夜中に。っていうか、なんでテレビ電話？』

「やっほー秋季ちゃん。丁度いいとこに電話くれたよ。じゃじゃーん、川辺君の寝姿です」

『え！　ち、ちょっと待てよ、川辺さんと一緒の旅行だから心配して電話したのに、なんでその川辺さんと一緒の部屋……っていうか一緒のベッドにいるんだよ！』

焦《あせ》った声が部屋中に響くが、気にせず射手谷は川辺とツーショットになるよう、腕を伸ばして電話のカメラレンズを遠ざけ、ご機嫌な笑顔で片目をつむってみせる。

しかし、色を失ったのは秋季だけではなく、川辺も同様だ。

「ち、違うぞ湯郷《ゆざと》くん、誤解だぞ！　別に俺がベッドに引きずり込んだわけでもないし、何か企んでるわけでもない！」

『そんなこと言って、昔俺に嘘ついたじゃないか！　とにかく射手谷から離れろよ！』

「安心しろ秋季ちゃん。俺たち仲直りしたから、今から恋バナしようって話になってさ」

「なってない！」

ベッドから逃げ出そうとする川辺の肩を抱き寄せ、射手谷は明るい笑顔で携帯電話のカメラに向かって容赦なく続けた。

「でもって、いかに俺と秋季ちゃんが最近ラブラブなのか聞いてもらうとこだったんだよ」

「とこじゃない！」

「こういうのは人数多いほうが楽しいから秋季ちゃんも参加しないか？　楽しいぞ、恋バナ」

『いや……あのさ射手谷、川辺さんが泣きそうなんだけど……』

「俺は幸せなんだけど、川辺の恋バナは何かと暗いだろうから、秋季ちゃんもなんかアドバイスしてあげなよ」

「いらない……」

「キョウから聞いたんだけど、川辺ってお堅いフリして目隠しされるの好きらしくてさあ」

すっかりしょげて、シーツにつっぷしてしまった川辺の頭を撫《な》でながら、瞳を輝かせる射手谷の悪戯は、携帯電話から流れてくる「やめてあげなよ、もうやめてあげなよ」という震える秋季の声によって十五分後にようやく終結した。

しかし翌日、開き直ってしまったらしい川辺と、結局明け方まで惚気《のろけ》と愚痴の恋バナ交流を深めてしまったのは、また別の話である。

おわり

あとがき

はじめまして、みとう鈴梨です。このたびは『臆病者は初恋にとまどう』をお手にとっていただきありがとうございました。

このたびルチル文庫さんで初めての文庫を出していただけることとなり、嬉しい反面、大変緊張しております。

この一冊を楽しんでいただけるとよいのですが。

一人でこねまわした作品を、思い立ってルチルさんにお送りさせていただいた際、この話には「シスターコンプレックスの純情」という二人の恋愛事情にしては物足りないタイトルがついてました。

本当のところ「ほだされ射手谷ざまあ」という副題で小説を書いていたのですが、そのまま送るのもどうかと思い……そんなこんなでタイトルをつけるのがとても苦手な私は、担当さまも巻き込んで長いことタイトルに悩むこととなりました。

初恋、初心、兄バカ、純情、不器用、初めて、週末、怯える、童貞……そんな言葉を書き連ねながら、担当さんにもたくさんタイトル案作っていただいて、私もたくさんお出ししたのですが、さすがに「脱・童貞」とかいう案は、めずらしく私の理性が働いてくれたおかげで出さずにすみました。

しかし、秋季の「初エッチ」に関して大事に書きたいなという下世話なコンセプトもあるお話なので、あながち遠い案でもない気がします。

射手谷自身も誰かを受け入れようと思うのは初めてだったわけで、いい歳をした遊び人が初恋みたいに胸をときめかせながら秋季とベッドを共にするシーンは書いていてとても楽しかったです。

しかし、その結果二人とも自分の気持ちに手さぐりで、とても臆病な感じになってしまったので、そんな臆病な二人にふさわしい優しいタイトルが最終的に決まってよかったな、と今でもタイトルを見るとほのぼのとした心地になります。

……担当さまに、おんぶに抱っこでつけていただいたのですがね！

タイトルだけでもこのざまです、他にも担当さまにはたくさんお世話になりました。

最終的に、『イベリア半島』を『イベリコ半島』と書いていた箇所を指摘されたときには、私は作品を送るついでに頭痛薬も同封しておくべきだったのでは、と反省しきりでした。

お腹が空いててついうっかり。そんな恥ずかしいミスです。

そんな私ですがいろいろとご指導くださり、担当さま、本当にありがとうございました。

そして、イラストを担当してくださった花小蒔朔衣先生は、お忙しい中とても素敵なラフを何枚も用意してくださっていて、嬉しい反面、最後までよりよい作品になるよう自分も頑張ろうと気が引き締まりました。

射手谷、秋季のかっこよさもさることながら、キョウが可愛くて可愛くて……花小蒔先生のイラストのおかげで、射手谷に「秋季とキョウかけもちしたら両手に花だよ！」と悪魔のささやきをしたくなったほどです。

本当にありがとうございました。

そして最後になりますが、このお話を読んでくださったお客様へ、ありがとうございました。お手にとっていただけた幸せを嚙みしめ、また頑張っていきたいと思います。

今まで指導いただいたことや、友人に励まされたことなど、本当にいろんな人から考えさせられ支えられ勇気づけられ、一冊の本となりました。

まだまだ未熟者で磨かねばならない部分はたくさんありますが、この経験を生かしてまた、みなさんにお目にかかれればいいなと願っています。

二〇一三年二月　チャペル見学の際の宿泊代は、小津持ちです。

みとう　鈴梨

✦初出　臆病者は初恋にとまどう……………書き下ろし
臆病者の永遠の誓い……………書き下ろし
おまけ◇射手谷と同僚とビジネスホテルの一室……………書き下ろし

みとう鈴梨先生、花小蒔朔衣先生へのお便り、本作品に関するご意見、ご感想などは
〒151-0051 東京都渋谷区千駄ヶ谷 4-9-7
幻冬舎コミックス　ルチル文庫「臆病者は初恋にとまどう」係まで。

幻冬舎ルチル文庫

臆病者は初恋にとまどう

2013年2月20日　第1刷発行

✦著者　みとう鈴梨　みとう れいり

✦発行人　伊藤嘉彦

✦発行元　株式会社 幻冬舎コミックス
〒151-0051 東京都渋谷区千駄ヶ谷 4-9-7
電話 03(5411)6432[編集]

✦発売元　株式会社 幻冬舎
〒151-0051 東京都渋谷区千駄ヶ谷 4-9-7
電話 03(5411)6222[営業]
振替 00120-8-767643

✦印刷・製本所　中央精版印刷株式会社

✦検印廃止

ISBN978-4-344-82757-8　C0193　Printed in Japan